# 龍の不屈、Dr.の闘魂

樹生かなめ



講談社X文庫

# 目次

橘高正宗
【きったか まさむね】
清和の養父。
眞鍋組顧問。
祐
【たすく】
眞鍋組の参謀。
安部の息子のような存在。
安部信一郎
【あべ しんいちろう】
正宗の右腕であり舎弟頭。
眞鍋組組員の信望が厚い。
橘高典子
【きったか のりこ】
清和の養母。
リキ
清和の右腕。
眞鍋の虎と呼ばれる。
橘高清和
【きったか せいわ】
眞鍋組二代目組長。
氷川の恋人。
氷川
氷川諒一
【ひかわ りょういち】
清和の恋人。
明和病院に勤める
美貌の内科医。

# 人物紹介

京介
【きょうすけ】
ホストクラブ・ジュリアスの人気ホスト。ショウの幼馴染み。
サメ
眞鍋組の諜報部隊トップ。
ショウ
清和の舎弟。眞鍋組の特攻隊長。
吾郎
【ごろう】
清和の舎弟。
卓
【すぐる】
清和の舎弟。箱根の旧家出身。
宇治
【うじ】
清和の舎弟。
信司
【しんじ】
清和の舎弟。摩訶不思議の信司と呼ばれる。

イラストレーション／奈《な》良《ら》千《ち》春《はる》

# 龍《りゅう》の不屈《ふくつ》、Ｄｒ.《ドクター》の闘魂《とうこん》

# 1

深夜、明和《めいわ》病院の内科医である氷川諒一《ひかわりょういち》は、仕事を終えて愛《いと》しい男が君臨する不夜城に帰る。運転席でハンドルを握る若い男は、勤務先への送迎を一手に引き受けている眞鍋《まなべ》組のショウだ。

何よりも愛しい男、指定暴力団・眞鍋組の二代目組長である橘高清和《きったかせいわ》と再会するまで、氷川の通勤の手段はバスと電車だった。けれど、清和が不夜城の覇者である『眞鍋の昇《のぼ》り龍《りゅう》』ゆえ、氷川はひとりでバスや電車に乗ることが許されない。常に誰かしら眞鍋組のガードがつく。あまりにもいろいろとありすぎたせいか、神経質になりすぎだと言って、氷川は眞鍋組のガードを拒めなくなっていた。

「姐《あね》さん、メシは食ったんスか？」

姐さん、とショウに呼ばれることにも、いつの間にか慣れてしまった。

「うん、医局で食べたよ」

「ちゃんと食ったんスか？　もしかして、また痩《や》せましたか？」

ショウは眞鍋組随一の運転技術を誇り、今までいくつもの闇《やみ》レースを制してきた最速の男だが、氷川を乗せている時は安全運転を心がけている。無茶な追い越しや信号無視はしない。

「僕の食事より清和くんの食事だよ。清和くんは昨日も一昨日《おととい》もステーキを食べた気配がない。今まではどんなに頼んでもしょっちゅうステーキとか焼き肉を食べていたよね？」

氷川は健康を第一に掲げ、清和の肉食嗜好《にくしょくしこう》に目を光らせてきたが、どうしたって限界がある。昼間、ステーキハウスに入る清和は止められない。夕方や夜にしても、焼き肉店に入る清和を阻《はば》めなかった。

「……はぁ」

ショウは前傾姿勢でハンドルを握り直し、アクセルを踏んでスピードを上げた。

「清和くん、どこか体調がおかしい？」

氷川は清和の異変に気づき、いてもたってもいられなくなった。考えれば考えるほど恐ろしい。

「姐さん、組長が肉を食ったら怒って、組長が肉を食わなかったら心配するんスか？」

清和の肉食嗜好と氷川の健康第一を知っているからか、ショウの顔は盛大に引《ひ》き攣《つ》りまくった。

「……その、清和くんのことだから僕に隠れてお肉を食べているよね？　僕が気づかなくなってしまったのかな？　僕が鈍くなったの？」

氷川と再会するまで、清和は朝っぱらから松阪牛《まつさかうし》の霜降り肉を食べていたという。一日三食朝昼晩に加え夜食まで、すべて肉だったそうだ。氷川と暮らしだしてから、ほんの少し肉をセーブするようになったらしい。しかし、一日に一度はどこかで食べていたはずだ。それなのに、ここ最近、清和が隠れて肉を食べている気配がない。自分のカンが鈍ったのかと、氷川は不安を抱いていた。

「俺に聞かないでください」

ショウの声には張りがなく、弱々しい空気を発散させている。楚々《そそ》とした容姿を裏切る豪胆な氷川の性格をよく知っているからだ。

「ショウくん、正直に教えてほしい。清和くんは僕に隠れてお肉尽くしの日々を送っているの？　つきあいがなくなったわけではないんでしょう？　本当は食べているのに僕が気づいていないだけなのかな？」

氷川は広々とした後部座席から身を乗りだし、運転席にいるショウに涙目で迫った。

「あ、あ、あ、姐さん……もう、そんなことはどうでもいいじゃないっスか」

一刻も早く氷川を眞鍋第三ビルに送り届けるため、ショウはアクセルを踏み続けてスピードを上げた。

「清和くんのことだから心配でならない……あれ？　あの子、あの女の子みたいに可愛《かわい》い男の子は千晶《ちあき》くん？」

眞鍋第三ビルに続く通りにある、パンケーキが評判のカフェから、小柄な美少女が出てきた。いや、よく見れば小田原《おだわら》で出会った菅原《すがわら》千晶だ。

　二週間前の夜、氷川は千晶に消息の途絶えた父親と間違えられ、そのまま家賃滞納中の部屋に向かった。規格外の千晶がほっておけなくて、眞鍋組の力を借りて父親を捜しだした。いろいろな意味で、氷川のみならず清和やショウにまで衝撃を与えた高校生だ。

「千晶？　小田原の千晶？」

　ショウは速度を落として、白いセーター姿の千晶を確かめる。車窓からでもアイドルとなんら遜色《そんしょく》がない千晶の姿が確認できた。

「ショウくん、止めて」

　氷川の指示により、ショウはブレーキを踏んだ。氷川の恋人である眞鍋の昇り龍が牛耳る界隈《かいわい》には、なんの異常も見られない。普段と同じように眩《まばゆ》いネオンが洪水のように溢《あふ》れている。

　氷川が黒塗りのベンツから降りると、千晶は屈託のない笑顔で走ってきた。

「千晶くん、こんなところで何をやっているんだ」

「お兄さ～ん、会いたかったよ」

　小柄な千晶に抱きつかれ、氷川は慈《いつく》しむように抱き締めた。初めて会った時、父親と間違われたせいか、千晶が本当の息子のように思える。なんというのだろう、純粋であどけない千晶にはそんな気になってしまうのだ。馬鹿《ばか》な子ほど可愛い、という言葉をしみじみと実感した。

ショウも千晶相手ならば抱き締めても静観している。

「千晶くん、どうしてこんなところにいるの？　学校は？」

千晶の度を越した無知に卒倒しかけた日々が、鮮やかに氷川の脳裏に甦《よみがえ》る。せめて高校ぐらいは卒業させたい。

「うちのパパが卓兄《すぐる》ちゃんと結婚するよ」

一瞬、千晶が何を言ったのか、氷川は理解できずに惚《ほう》けた顔で聞き返した。

「……は？」

千晶の頭の中には常人には理解しがたい壮大な花畑が広がっている。千晶の父親である千鳥《ちどり》の頭の中にも花畑が広がっており、白い蝶《ちょう》がひらひらと飛んでいた。卓は眞鍋組の精鋭のひとりであり、氷川も特に気に入っている男だ。その千鳥と卓が結婚とはどういうことか。

「お兄さんと清和兄ちゃんと一緒だね？　うちの父ちゃんもお兄さんと同じ二十九歳だよ。一緒だね。うちのオヤジもお兄さんを見習うって」

千晶は甘えるように氷川の薄い胸に顔を埋《うず》めた。パパ、父ちゃん、オヤジなど、父親の呼び方が一貫しないが、深い意味はまるでない。

「……ちょっと待ちなさい」

千鳥の単純すぎる性格に最も危機感を抱いたのは、世間知らずの叔父を持つ卓だった。叔父によって、家族を失った旧家の子息は、他人事《ひとごと》に思えなかったのかもしれない。仕事に関してだけでなく、何かと菅原親子の世話を焼いていると聞いた。

もっとも、卓が世話をしなければ、氷川がしていただろう。眞鍋組の参謀である祐《たすく》にきつく止められていたが。

祐曰《いわ》く『小田原の馬鹿親子には卓をつけますから、姐さんはうちのお坊ちゃまのそばにいて、うちのお坊ちゃまのことだけを考えていてください。うちのお坊ちゃまが妬《や》きますから』だ。

「お兄さんが言った通り、うちのパパは馬鹿だから俺の新しいママを捕まえられないと思うんだ。もう、パパがママになったほうがいいよ」

千晶は楽しそうに氷川の胸に顔をスリスリと擦《こす》りつけた。もちろん、千晶は自分の父を侮辱したという自覚はない。

ぶはっ、とショウは派手に噴きだし、腹を抱えて盛大に笑った。

「……ぶははっ……ははっ……祐さんの呪《のろ》いだ……祐さんに……卓は祐さんにやられたな……祐さんに目をつけられたら終わりだ……ぶっはははは……」

ショウから察するに、千鳥と卓の結婚話には眞鍋組が誇るスマートな策士が一枚嚙《か》んでいるらしい。

一月前だったか、祐は必死になって時間を作り、有名なインストラクターが在籍するスポーツジムに入会した。その時、自分のガードとして卓も一緒に入会させている。だが、身体《からだ》を鍛えようと張り切っていた祐本人は、有名なインストラクターに運動を止められてしまった。祐の骨格が運動に適していないらしい。

卓は有名なインストラクターの適切な指導のおかげで筋肉量が上がった。それゆえ、ひ弱な祐の不条理な怒りを買っている。

つい先だっては、箱根《はこね》にいる叔父がまた騙《だま》されたと知り、卓は目前に立ちはだかった祐を突き飛ばして総本部を飛びだしていた。性懲《しょうこ》りもなく詐欺に遭う叔父を止めるために、だ。

氷川は傍《かたわ》らに立つショウと胸にいる千晶を交互に眺めた。

「……千晶くん、要点を整理しようか」

千晶は嘘《うそ》をつくような子ではない。正確に言えば、嘘をつくような脳ミソも持っていないが、事実を事実として理解する知性もない。

「うん、俺もお兄さんみたいなお嫁さんをもらうね」

千晶にキラキラとした目で見つめられ、氷川は言葉に詰まりかけたが、こんなところで圧倒されている場合ではない。やっとのことで声を出した。

「……待ちなさい。卓くんと君のお父さんの千鳥さんがどうしたの？」

大学生風の卓と可憐《かれん》な千鳥が、氷川の瞼《まぶた》に浮かぶ。どこからどう見ても卓はヤクザではないし、千鳥は高校生の子持ちではない。

「卓兄ちゃんとうちのオヤジが結婚するの。箱根にも遊びに行ったんだ。卓兄ちゃんの実家を見てきた。お殿様が住んでるみたいな家だね」

卓は箱根の旧家出身であり、塔ノ沢《とうのさわ》には何かと問題の多い叔父が住んでいる。腹黒い親戚《しんせき》や弁護士、檀家《だんか》の寺の住職に騙され、大金を巻き上げられそうになっていたはずだ。

先週、危機感に駆られ、卓は祐とともに再び箱根に乗り込んだ。卓は叔父の前で変装を解《と》き、懇々と諭したそうだ。もっとも、叔父がどこまで理解したのか、卓は不安でならないらしい。それでも、強羅《ごうら》にある実家はそのまま卓が相続することになりそうだ。

「結婚？　結婚？　結婚？　……卓くんと千鳥さんが結婚？」

頭の中で卓に白いタキシードを着せ、ウエディングドレス姿の千鳥と並ばせた。何も知らなければ幸せな一枚の絵にならないでもない。けれど、いくらなんでもそれはないだろう。でも、奇跡が起こってしまったのだろうか、氷川にしろ可愛い清和と再会してこのような関係になるとは夢にも思っていなかったし、今でもたまに夢ではないかと疑ってしまう時もあった。氷川が真剣な顔で考え込んでいると、パンケーキが評判のカフェから千鳥が飛びだしてきた。

「綺麗《きれい》なお兄さん、久しぶり～っ。俺、卓と結婚するからよろしく」

千鳥が無邪気な笑顔を浮かべたが、氷川は挨拶《あいさつ》さえ満足にできなかった。

「……千鳥さん？　う、う、う、うちの……」

氷川が呂律《ろれつ》が回らなくてオロオロしていると、千鳥の背後にいた卓が真っ青な顔で口を挟んだ。

「姐さん、信じないでください。俺と千鳥さんはなんの関係もありません」

卓が仁王《におう》立《だ》ちで凄《すご》むと、千鳥が真っ赤な顔で叫んだ。

「ひどい、なんの関係もないなんてっ。関係なんていっぱいあるよ。俺はあんなに一生懸命頑張ったのに」

千鳥は拗《す》ねるように卓の腕を摑《つか》み、ぶんぶんと振り回す。ショウはずっと腹を抱えて笑っているし、千晶は氷川の胸にぴったりと張りついたままだ。誰ひとりとして卓に加勢する者はいない。

「あ、いや、仕事は真面目《まじめ》に頑張ってくれた……ミスを連発したが、頑張ってくれたことは認める」

清和は小田原の小さなビルを買い、千鳥に土産物屋《みやげものや》を開かせた。小田原城に続く道筋にあるせいか、観光客がぶらりと立ち寄って買っていくらしい。店の前で客引きをする千鳥の容姿と愛想《あいそ》のよさに引き寄せられる観光客も多いようだ。

「うん、頑張ったから結婚してくれるよね。ウエディングケーキはラデュレのマカロンタ

SUGUR
IDORI

ワーがいいな」

千鳥は頬《ほお》を紅潮させて、卓の腕を一際《ひときわ》大きく振った。

「どうしてそうなるんだ？　第一、お前は女好きだろうが」

卓は顔を引き攣らせ、千鳥の手を振《ふ》り解《ほど》こうとした。しかし、千鳥は決して卓の手を放そうとはしない。

氷川は千鳥の根性と腕力に目を瞠《みは》った。

「俺、今回のことで自分を振り返ってみたんだ。よくよく考えたらいっつも女の子に騙されているし、いっつも逃げられるし、いっつも罵《ののし》られるし、いっつも千晶がいじめられるし」

千鳥は女性に縁がないわけではないが、いつも結末は悲惨の一言に尽きる。結婚を前提に交際した女性に、保険金をかけられて殺されかかった過去は、一度や二度ではない。特に今回、千鳥はタコ部屋に売り飛ばされてしまった。眞鍋組が助けなければ死ぬまで馬車馬のようにこき使われていただろう。何よりも大切なひとり息子を残して。

「それで？」

卓が冷たい声で促すと、千鳥はにっこりと笑った。

「俺、今回のことで懲りた。もう女はやめる。メガネのお兄さんを見習って俺も男とつきあう。卓に決めた」

千鳥が高らかに宣言すると、卓は目を吊《つ》り上《あ》げた。

「俺はいやだ」

卓の切実でいて切羽詰まった声が虚《むな》しくも辺りに響き渡る。だが、千鳥はまったく気にせず、頬を紅潮させて言い返した。

「俺は千晶と話し合って、卓と結婚するって決めたんだ。つべこべ言うな」

千鳥と千晶は目を合わせ、同時にコクリと頷《うなず》いた。

氷川にはその場面が手に取るようにわかる。千鳥と千晶は頭の中に咲く花畑で語り合い、優しい卓を選んだのだろう。

男を見る目はあります、と氷川は千鳥と千晶を褒《ほ》めそうになってしまった。

「俺は男なんていやだ」

ショウほどでもないが、卓は女性が好きなまっとうな男だ。けれども、今現在、特別な女性はいない。

それどころか、宅配便会社に勤めている筋肉隆々の青年に追い回されていた。どんなに卓が拒んでも、体育会系の熱血男は諦《あきら》めないらしい。

「メガネのお兄さんの恋人は男なんだ。メガネのお兄さんの前でそんなことを言っちゃ駄目だよ。卓くんも男にしなよ。俺に決めてね」

千鳥は氷川に視線を流しながら、卓に甘い声で拗ねた。

前代未聞の珍事として業界を駆け巡ったが、氷川は指定暴力団・眞鍋組の二代目組長の姐として遇されている。以来、眞鍋組は同性愛者に最も優しい暴力団と囁《ささや》かれるようになった。

それゆえ、卓も追《お》い縋《すが》る宅配便業者の青年に対して暴力的な解決策が取れないのだ。氷川の存在がなければ、とうの昔に腕力で処理しているだろう。

「男なんて……いや、もうちょっと常識的な奴がいい」

卓は途中まで言いかけて、氷川の性別を思い出したのか、苦悩に満ちた顔で意見を変えた。

「ひどい、頭が駄目でも顔が可愛ければいいじゃないか。俺、これでも女装したら可愛いんだよ」

千鳥の頭の悪さ加減は折り紙つきだが、容姿は文句なしに愛らしい。日本人形のような氷川とはまた違ったムードを持っている。

氷川の目から見ても千鳥は可愛かった。言わずもがな、千鳥に生き写しの千晶はジーンズ姿でも絶世の美少女だ。

「ああ、女装しなくても可愛いよ。だがなっ」

卓の言葉を遮るように千鳥が言った。

「可愛い？　可愛いだろ？　可愛いよな？　可愛いって俺のことを言ったな？　卓はもう

俺と千晶のもんだ」

　ぶちゅっ、と千鳥が卓の唇にキスをした。積極的な千鳥に動転したのは氷川だけではない。

「よせーっ」

　卓は鬼のような顔で怒ったが、千鳥はまったく意に介さない。千晶は氷川に腕を回したまま、嬉《うれ》しそうにはしゃいだ。

「卓兄ちゃん、うちのパパを頼んだぜ。お兄さん、卓兄ちゃんをうちのパパにちょうだいね？」

　千晶に甘くねだられ、氷川は二の句が継げなかった。

「お兄さん、俺のママになってくれないんでしょう。お兄さんには清和兄ちゃんがいるもんね？」

　俺は本当はお兄さんにママになってほしいんだよ、と千晶は捨てられた子犬のような目で氷川を見上げた。

　千鳥に初対面で求婚され、氷川は断っている。

「……うん、僕には清和くんがいるから」

　誰にどんなに懇願されても、清和以外の手を取る気は毛頭ない。愛しい男を想《おも》うだけで胸が熱くなる。

「卓兄ちゃんはフリーだよね？　だったら、俺にちょうだい。卓兄ちゃんはパパも俺もちゃんと守ってくれたんだ」

千鳥が夜の街を歩いていれば、さまざまな誘惑の声がかかる。女性と間違えて声をかける輩《やから》は後を絶たないし、男だとわかっても引かないケースがあるという。

『楽に稼げるから来い』

夜の街で出会った男の常套句《じょうとうく》に興味を示したら終わりだ。それだけはさすがに千鳥もわかっているらしい。

『変な仕事だろう？　いやだよ』

千鳥が強引に連れていかれそうになった時、察した卓が即座に阻んだという。若い千晶にはさらに誘惑が多い。

危なっかしい千鳥と千晶のため、卓は小田原を頻繁に訪れ、泊まり込んだりもしていたという。

卓の助勢があったからこそ、千鳥の店は開店当初から上手《うま》くいったのかもしれない。もともと、卓にはビジネスセンスがあると、リキや祐は口を揃《そろ》えていた。

「……そうか」

「卓兄ちゃんをくれるね。卓兄ちゃんをちょうだい。一生のお願いだからちょうだい。真面目に学校に行くから卓兄ちゃんをちょうだい」

千晶の真剣な顔を目の当《ま》た《あ》りにして、氷川は慈愛に満ちた微笑を浮かべた。氷川にしても小田原にいる千晶と千鳥が心配でならなかったのだ。清和と一緒にいても不安に駆られ、幾度となく不安を漏らしてしまった。卓が責任をもって千晶と千鳥の面倒を見てくれたら安心できるかもしれない。いや、そうでないと非常に危ない気がする。

「そうだね、卓くんをあげる」

氷川が二代目姐として宣言すると、卓はこの世の終わりのような顔をした。

「……あ、あ、あ、あ、あ、あ、あ、姐さん？」

卓は魂が抜けた人形のように立《た》ち竦《すく》み、千鳥は嬉しそうに抱きつく。

ぶふぅっごほほほっっっっっ、とショウは霊長類とは思えないような声を上げ、下肢をガクガク震わせた。

「お兄さん、ありがとう」

千晶が歓喜の声を上げ、氷川に抱きついたまま飛び跳ねた。ウサギの耳と尻尾《しっぽ》が生えているような気がしないでもない。

「千晶くん、卓くんを実のお父様だと思って頼っていいからね」

卓くん、千晶くんを息子だと思って守ってあげてね、悪い子じゃないのは知っているでしょう、と氷川は心の中で卓に頼んだ。

「うん、俺、すっごく嬉しいよ」

「卓くんの言うことをよく聞いて、真面目に学校に行こうね」

卓も小田原にいる時は躍起になって千晶を高校に通わせている。朝、布団から離れない千晶を叩《たた》き起《お》こし、高校まで送ったこともあるそうだ。その間、実父である千鳥は鼾《いびき》をかいて寝ていた。

「俺、ちゃんと学校に行っているよ」

「部屋の掃除もしようね」

氷川にとって千晶が住んでいた部屋は人の住《す》み処《か》ではなかった。生活必需品が揃っていないのに、生活にあまり関係のないもので溢れていたことも特徴だ。ぬいぐるみの洪水には度肝を抜かれた。

「うちに来たら卓兄ちゃんが掃除してる」

「お父様に掃除をさせてはいけません。これからは千晶くんも掃除をしようね。ポテトチップスばかり食べちゃ駄目だよ」

栄養に対する配慮が欠片《かけら》もない千晶の食生活には、ホラー映画に似た恐怖を覚えた。主食がポテトチップスで副食がキャラメルの日々は二度と送らせたくない。

「卓兄ちゃんにも言われた。ポテチの食いすぎだって」

「これからは健康的な食事をしようね。千鳥さんと卓くんがいるなら、お野菜がいっぱい食べられる鍋料理《なべりょうり》もいいと思う。温まるし」

氷川自身、清和とふたりで鍋を囲む予定を立てている。ひとり暮らしが長かったせいか、鍋料理にはちょっとした思い入れがあった。

「俺、去年のクリスマスはひとりだったんだ。今年はパパも卓兄ちゃんもいるなんて嬉しいな」

千晶が寂しそうに去年のクリスマスを口にすると、千鳥は卓に右手を絡ませたまま左手で詫《わ》びた。

去年のクリスマス、千鳥は当時の恋人に騙され、汚い部屋で千晶をひとりきりにさせてしまったことを、今でも悔やんでいるらしい。

「よかったね。今年のクリスマスは三人で過ごせばいい」

残念ながら、氷川の仕事にクリスマスは関係ない。それでも、清和と迎えるクリスマスだと思えば胸が弾む。昔、氷川はクリスマスパーティで沸く家から閉めだされ、幼い清和の手を引いて、行く当てもなく夜を彷徨《さまよ》った。今でも思い出すだけで辛いが、その分、現在の幸福を嚙み締めることができる。幼い清和に買い与えてやれなかったクリスマスケーキとプレゼントを用意したい。

「クリスマスケーキにロウソクを立てて消すんだ」

いやでも無邪気な千晶が幼い清和に重なってしまう。氷川が千晶を放っておけなかった所以《ゆえん》だ。

「誕生日じゃないけど、それも楽しいかもね。真面目に学校に通って、テスト勉強も頑張ったら、僕もクリスマスプレゼント贈るよ」

「俺、バイクがいい」

千晶は目をらんらんと輝かせたが、氷川はぴしゃりと撥《は》ね除《の》けた。

「バイクは却下、危険なものは駄目です」

「じゃあ、スマートフォン」

「テスト、赤点がひとつもなかったら買ってあげる……って、そろそろ期末テストじゃないの？　どうして東京にいるの？」

氷川が優しく背中を叩くと、千晶は真剣な顔で答えた。

「父ちゃんの仕事にくっついてきた。卓兄ちゃんに女ができそうになったら邪魔しなきゃ駄目だって」

卓に関して女性の話を聞いた覚えはないが、爽やかな大学生風のルックスや物腰からして、モテないわけではないだろう。その気になれば、すぐに特別な女性ができるはずだ。千晶と千鳥は卓に恋人ができるのを、共同戦線を張って阻止しようとしている。

「卓くんに女？　わかった、僕も邪魔するから」

氷川は意志の強い目で宣言すると、呆然《ぼうぜん》と立ち竦む卓を見据えた。持てる力を駆使して、卓と女性の関係を潰《つぶ》すつもりだ。

「……あ、あ、あ、あ、姐さん……」

　卓は今にも倒れそうだが、千鳥が両腕できっちりと支えている。華奢《きゃしゃ》な身体つきをしているが、千鳥は外見に反して実は逞《たくま》しいのかもしれない。

「卓くん、彼女なんていらないよね？　千晶くんと千鳥さんを頼んだよ」

　卓に責任をもって面倒を見てもらわないと、千晶と千鳥はどうなるかわからない。せっかく小田原で始めた仕事も失敗するし、また変な女性に騙されてしまうかもしれない。千晶と千鳥が無事に生きるのは奇跡に近い。

「姐さん、本気ですか？」

　卓に悲愴感《ひそうかん》が流れているが、氷川は意に介さなかった。

「本気に決まっているでしょう」

　僕が千晶くんと千鳥さんに気を取られると清和くんが妬くんだよ、と氷川は言外に匂《にお》わせた。

「あ……」

　卓の目は可哀相《かわいそう》なくらい虚《うつ》ろだが、氷川はここぞとばかりに念を押した。

「卓くんもわかっているでしょう？　僕が千晶くんと千鳥さんのお世話をしたら清和くんが妬く」

　卓の忠誠心は疑いようがなく、清和のためならば命を捨てることも厭《いと》わない。かつては清和を庇《かば》い、その身に銃弾を受けた。

「……うううううう……俺？　俺？　俺じゃなくても……ショウでもいいんじゃないんスか？」

卓がショウの名前を出すと、千鳥と千晶が同時に同じ言葉を叫んだ。

「馬鹿だから駄目だよ」

千晶と千鳥の言葉に呆気《あっけ》に取られたのは氷川だけではない。卓は豆鉄砲を食った鳩《はと》のような顔でショウを眺めた。

千晶と千鳥に馬鹿と称されるなど、そうそうあることではない。ある意味、ショウも凄い。

「おいっ、お前らだけには言われたくないぞ」

ショウがくわっと牙《きば》を剝《む》いた時、ベージュのコートを身に着けた若い美女が近づいてきた。

「ショウ？　ショウじゃない、お仕事は終わったの？」

若い美女に優しく腕を取られ、ショウの顔は一瞬にしてだらしなく緩む。すぐに千晶と千鳥に対する怒りは消えた。

「美紀《みき》、姐さんだ、挨拶をしろ」

ショウは美紀と呼んだ美女を氷川の前に立たせ、丁寧なお辞儀をさせた。美紀のフルーティなコロンの香りが微《かす》かに漂ってくる。

「初めまして、松谷《まつたに》美紀です」

ここ最近、ショウは恋人ができなくてふてくされていたが、やっと美女を捕まえたようだ。美紀はナチュラルメイクで、爪《つめ》に派手なネイルアートを施していないし、セミロングの髪の毛もカラーリングしていない。美紀は目鼻立ちが整った正統派の美女だが、夜の蝶でもなければ風俗嬢でもないようだ。今までショウが連れていた派手な美女とは雰囲気がまるで違う。

「初めまして、氷川諒一です。ショウくんの大事な方ですね？」

氷川が二代目姐として接すると、美紀は恥ずかしそうに頬を染め、ショウが胸を張って答えた。

「今、一緒に棲《す》んでいます」

ショウは幼馴染《おさななじ》みである京介《きょうすけ》のマンションに転がり込み、傍若無人《ぼうじゃくぶじん》の限りを尽くしていた。今回、美紀を捕まえたので、京介のマンションから出たようだが、義理を欠いている可能性は高い。

「そうなの？　京介くんにちゃんとお礼を言ったね？」

氷川が確かめるように訊《き》くと、ショウはバツが悪そうに視線を逸《そ》らした。

「……そのうちに」

ショウはさんざん世話になっておきながら、京介に一言の礼も言っていないようだ。今度こそ京介に見捨てられても不思議ではない。

「すぐに京介くんにお礼を言いなさい。君は京介くんには並々ならぬお世話になったんだからね」

氷川は目を吊り上げて諭そうとしたが、ショウは手をひらひらとさせた。よく見れば左手の薬指には美紀とお揃いの銀のリングをしている。

「京介のことはどうでもいいんスよ。えっと、美紀のことっス。美紀と籍を入れることになりました」

ショウは照れたように笑うと、美紀の細い肩を抱いた。

「……籍？　籍？　結婚するの？」

氷川が驚愕《きょうがく》で目を見開くと、ショウは凜《りん》とした態度で宣言した。

「クリスマスに籍を入れる予定っス」

氷川の周りでクリスマスに婚姻届を出した夫婦はいないが、若いショウや美紀は特別な日として選んだのであろう。夫婦として年月を重ねても、クリスマスならば結婚記念日を忘れなくてもすむ。夫婦喧嘩《ふうふげんか》の原因のひとつが減るかもしれない。

「清和くんは知っているの？」

小田原から帰った後、氷川と清和は多忙を極め、ゆっくりと話し合う時間がまるでなかった。氷川は五日連続で病院に泊まり込み、清和を心配させたものだ。もっとも、清和も仕事に忙殺されていたらしい。

「今朝、二代目に告げて、承諾をもらいました」

清和が認めたのならば、美紀はショウの花嫁候補として問題ないのであろう。どう見ても美紀は一般女性だが、ショウが強引に手に入れたわけでもなさそうだ。氷川が反対する理由が見つからない。

「そうなのか、おめでとう。美紀さん、ショウくんをお願いします」

眞鍋組の鉄砲玉のストッパーになってください、と氷川はしみじみと願った。ショウの無鉄砲ぶりは、本人が生きているにもかかわらず、ほぼ伝説となっているという。名取《なとり》グループとの火種が燻《くすぶ》っている今、ショウには節度のある行動を守らせたい。とりあえず、単身バイクで敵対する組織の事務所に突っ込ませたくない。

「はい」

再度、美紀は礼儀正しく一礼した。

「ショウくんを見捨てないであげてね」

ショウがどんなに情熱的な恋をしても、いつも結末は決まっていた。判で押したように女性はショウから去ってしまう。

「ショウが私を捨てることがあっても、私はショウを絶対に捨てません。私から別れを切り出すことはないですから」

美紀は若い女性特有の高い声でショウへの愛を誓った。

「ありがとう」

氷川が万感の思いを込めて感謝すると、それまで口を噤《つぐ》んでいた千鳥が卓に明るく声をかけた。

「卓、俺たちもクリスマスに籍を入れよう」

ショウと美紀に感化されたのか、千鳥もクリスマスを結婚記念日にしたいらしい。当然、卓は頬をヒクヒクさせて拒絶した。

「何を考えているんだ、無理に決まっているだろう」

「男同士で婚姻届は出せない……あ、卓は俺の養子になればいいんだよ」

グッドなアイディア、と千鳥は嬉しそうに卓の手を摑んで振り回した。確かに、男同士の結婚はそういう形態を取るのかもしれない。

氷川と清和の間で戸籍に関する話題が出たことは一度もなかった。

「何を言っているんだ」

卓の顔から血の気が引き、辺りには瘴気《しょうき》が垂《た》れ籠《こ》めた。

「俺と千晶が卓の籍に入ってもいいけど、ちょっと無理がありすぎないか？　俺は二十九歳で卓は二十歳《はたち》だろ？」

「こ、この話はここまでだ」

　卓は千鳥を振り切って逃げようとしたが、所詮《しょせん》は悪あがきだ。どこにそんな力があったのか、千鳥は背後から卓を羽交《はが》い締《じ》めにする。とてもじゃないが、氷川にはできない芸当だ。

「俺、綺麗な花嫁さんになるから安心してくれよ。初夜も頑張るから」

「いい加減にしろーっ」

　卓の張り裂けそうな怒鳴り声は夜の街に儚《はかな》く消えていった。決まりきったことだが、卓の肩を持つものはひとりもいない。

　氷川は千鳥に心の底からエールを送った。

「千鳥さん、卓くんを放すんじゃありません」

「はいっ」

　卓は左右の腕をそれぞれ千晶と千鳥に摑まれ、フラフラと不夜城に消えていく。三人の後ろ姿は不思議なくらい一枚の絵になっていた。

「千晶と千鳥、嵐《あらし》みたいな親子っスね。あの調子じゃ、卓は優しいから流されるかもしれねぇ」

　ショウは美紀の肩を抱き寄せて、感慨深そうにしみじみと言った。眞鍋が誇る特攻隊長が自分を棚に上げている。

　氷川は軽く笑いながら、ショウに向かって手を振った。

# 2

氷川《ひかわ》は胸を弾ませたまま眞鍋《まなべ》第三ビルに帰り、ネクタイを緩めた清和《せいわ》とリビングルームで向かい合った。

「清和くん、卓《すぐる》くんが千鳥《ちどり》さんと……卓くんとあの千鳥さんが……あのふたりはいつからああなったの？　僕は全然知らなかった」

氷川が真っ先に話題にしたのは卓と千鳥だ。想像だにしていなかったので、いろいろな意味で非常に驚かされた。

「……ああ」

清和はソファに座り直しながら軽く頷《うなず》いた。

テーブルには千鳥から手渡された小田原《おだわら》名物のかまぼこがある。千鳥が何を思ったのか不明だが、清和の名前を入れた小田原提灯《おだわらぢょうちん》と氷川の名前を入れた小田原提灯もあった。おそらく、小田原の職人に名入れをしてもらったのだろう。

「清和くん、反対しているの？」

氷川は口数の少ない清和から感情を読み取ろうとした。卓と千鳥に反対している気配はまるでない。

「…………」

「清和くんも僕と同じ気持ちだよね？」

氷川は清和の隣に腰を下ろし、確かめるように尋ねた。ここで組長である清和の気持ちを明確にしておきたい。

しかし、清和は明言できないらしい。口を真一文字に結び、真《ま》っ直《す》ぐに白い壁を見つめていた。

「この際、卓くんに千晶《ちあき》くんと千鳥さんを押しつけよう。卓くんならきっとふたりを守ってくれるよ」

氷川は甘えるように清和の肩口に顔を埋《うず》めた。卓の苦悩が迸《ほとばし》る拒絶の言葉は忘却の彼方《かなた》に追いやる。

「…………」

「清和くん、組長命令を卓くんに出してね」

僕のお願いを聞いてくれるよね、と氷川は甘ったるい声で脅し、清和のシャープな頬《ほお》に唇を寄せた。

無言の清和から並々ならぬ葛藤《かっとう》が伝わってくる。もしかしたら、清和は卓から涙混じりの懇願をされているのかもしれない。

「ショウくんの結婚もびっくりした。美紀《みき》さん、綺麗《きれい》な女性だったよ。普通のお勤めをされているのかな」

氷川が話題を卓からショウに変えると、清和の周囲の空気が一変した。これはもう氷川にしかわからない清和の変化だ。

「………」

清和が自分から口にしないことは、どんなに尋ねても答えてはくれない。氷川は清和の無表情の裏に隠された本心を読み取るために神経を集中させた。要はこちらが悟ればいいのだ。

「清和くん？　ショウくんの結婚に反対なの？」

図星だったらしく、清和の目が曇った。

「………」

どうしてわかるんだ、と清和に視線で問われているような気がする。伊達《だて》に清和のおむつを取り替えていない。

「……え？　ショウくんの結婚に反対なんじゃないの？　……美紀さんが気に入らないの？」

清和はショウの結婚に反対しているわけではない。どちらかといえば、落ち着かせるため、ショウにさっさと嫁を迎えさせたいようだ。ただ、結婚相手に難色を示しているらしい。美紀は家庭的でいい奥さんになってくれそうな女性だったし、いったいどこに問題があるのだろう。

「……………」

美紀は暴力団とはなんの関係もない一般家庭で生まれ育ったらしい。家庭環境に恵まれなかったらしく、仲の悪かった両親は離婚し、どちらとも疎遠になっているという。ヤクザと結婚しても反対されないと、美紀は寂しそうに語っていた。一日も早く温かい家庭を築きたい、と夢を語る美紀がいじらしかったものだ。

「美紀さんが一般女性だから反対なの？　お嫁さんは一般女性のほうがいいって聞いたよ？　典子《のりこ》さんだって一般女性でしょう？」

最高に魅力的な佳人を侍《はべ》らせても、結婚して女房にするのならカタギがいいと、極道は口を揃《そろ》える。清和の義母である典子や眞鍋組初代組長の姐《あね》にしても一般家庭で育った女性だ。普通の家庭の娘が極道の男を愛し、縁《ゆかり》も縁もない修羅《しゅら》の世界に飛び込んだ。結果、実家や親戚《しんせき》から縁を切られ、仲のよかった友人にも去られた。

「……………」

「美紀さんのどこに問題があるの？　問題があるとは思えないけど？　……まさか、美紀さん、清和くんの昔の彼女？」

清和は玄人女性《くろうとじょせい》のみならず素人女性《しろうとじょせい》もまんべんなく魅了する男だ。おまけに、今までに用意された据《す》え膳《ぜん》をきっちり食べてきた。過去に美紀と何かあっても不思議ではない。

氷川が般若《はんにゃ》を背負うと、清和はようやく口を開いた。

「違う」

仏頂面《ぶっちょうづら》の清和に嘘《うそ》をついている気配はないが、今、現在、氷川は自分のカンに自信が持てなかった。

「清和くん、今日、ステーキも焼き肉も食べていないね？」

どうしてここでいきなりステーキと焼き肉が出てくるのか、唐突な氷川の言葉に清和は思い切り困惑したようだ。

「………」

「昨日も一昨日《おととい》も食べていないよね？　でも、清和くんのことだから僕に隠れてステーキか焼き肉を食べているよね？　僕、鈍くなったのかもしれない」

鈍くなった自分、という仮定で氷川は話を進めている。

「………」

「僕は鈍くなって……清和くんの嘘に気づけなくなってしまったのかもしれない？　清和くん、まさか、まさかとは思うけど、美紀さんと何かあったの？　美紀さんは清和くんのお嫁さん候補だったの？」

チンピラファッションに身を包むショウより、黒いアルマーニに袖《そで》を通した清和のほうが、清楚《せいそ》なベージュのワンピースを着た美紀にマッチする。どう考えても美紀はショウのバイクの後ろに乗るような女性ではない。

「違う」

清和はしかめっ面で否定すると、氷川の身体《からだ》を抱き寄せた。姉さん女房に口で敵《かな》わない亭主の最後の一手だ。

「清和くん、怒らないから正直に言って」

こんなことでなしくずしに誤魔化されたりはしないよ、と氷川は清和の広い胸に向かって呟《つぶや》く。

「………」

もう怒っているじゃないか、と清和は鋭い双眸《そうぼう》で言葉を返し、氷川のネクタイを手早く引き抜いた。さっさとことに雪崩《なだ》れ込《こ》みたいらしい。

「美紀さん、二十歳《はたち》だって聞いた。若くてピチピチしているね？　うん、清和くんも若くてピチピチしているね？　いいね？　僕なんてピチピチしているところないからね」

女好きの先輩医師の口癖を真似《まね》て、氷川は清和や美紀の若さを指摘した。いやでも歳《とし》を感じずにはいられない。

「………」

首筋に清和の唇を感じたが、氷川に浸っている余裕はない。美紀と清和の抱き合う姿が脳裏にちらついて離れないからだ。若い美男美女はいやでも絵になるし、とても幸せそうに見えた。

「清和くん、美紀さんともキスしたの？　今はショウくんが美紀さんとキスしてるから……清和くんとショウくんは間接キス？」

自分でも何を言っているのかと思ったが、ぐるぐると回りだした氷川の思考回路はおかしいまま止まらない。

「…………」

清和は信じられないといった風情で、腕に収めた氷川を見つめた。ショウが聞いたら間違いなく地球外生物のような雄叫《おたけ》びを上げて卒倒するだろう。

「どうしてそんな目で僕を見るの？」

清和の固く閉じられた口とは裏腹に手はごそごそと動き、氷川のズボンのベルトを外し、ファスナーを下ろした。

「ショウくんも清和くんも美紀さんと関係があったら……兄弟って言うんだっけ？　僕たちは兄弟だって医者が肩を組んで……うちの病院にも同じ看護師さんと関係して兄弟になった医者が何人もいる」

女癖の悪い先輩医師たちが清和とショウに重なる。興奮状態の氷川は自分の身に何が起こっているのか気づいていない。下着やズボンが清和の手によって脱がされても、意識のすべては美紀と清和のあらぬ関係に向けられていた。

「…………」

清和の視線は氷川のすんなりとした足の先にある白い靴下だ。オールヌードより白い靴下を穿《は》いているほうが卑猥《ひわい》である。

「清和くん、聞いているの？」

氷川が潤んだ目で左右の腕を振り回すと、清和はくぐもった声で答えた。

「……ああ」

「美紀さんのどこに問題があるのかちゃんと答えて。美紀さんとの結婚に反対する理由がないでしょう？　なぜ、あんな感じのいいお嬢さんをいやがるの？　卓くんの花嫁候補の千鳥さんはいやがっていないでしょう？」

氷川は一言一句嚙《か》み締《し》めるように口にし、清和の反応を凝視した。世間的に見れば、ショウより卓の花嫁候補のほうが何倍も問題がある。

「祐《たすく》が美紀にＮＧを出した」

眞鍋組で最も汚いシナリオを書く参謀役の祐が、美紀をばっさり切り捨てたという。母親の影響だろうが、祐は女嫌いを公言して憚《はばか》らない。それゆえ、女性に対する祐の目は必要以上に厳しい。

「どうして？　サメくんとかリキくんは？　彼らも美紀さんとの結婚に反対したの？」

美紀とは先ほど軽く立ち話をしただけだが、病院のスタッフにスカウトしたくなるような女性だった。正直、チンピラ然としたショウにはもったいない女性でもある。それこそ、生真面目《きまじめ》な小児科医に恋人候補として紹介したい気分だ。

「卓と千鳥さんには反対しなかったが……」

卓本人の意思を完全に無視し、祐やサメはもろ手を上げて賛成したらしい。下手《へた》をしたら、祐は結婚式場の手配までしかねない勢いだったそうだ。当然、卓は清和のスーツの裾《すそ》を摑《つか》んでいやがった。

「ああ、みんな、考えることは同じなんだ」

氷川が納得したように頷くと、清和は一本調子で言った。

「美紀はショウに惚《ほ》れるような女じゃない、と祐が……」

ショウに惚れるには頭がよすぎる、と祐は美紀に黒判定を下した。サメも祐の意見に同調したという。いつもと同じように、リキはプライベートにはいっさい口を挟まなかったらしい。

「そうなの？」

ヤンキー上がりのヤクザと一般女性のカップルは、確かに違和感があるかもしれないが、氷川に他人のことは言えない。社会のクズと罵倒《ばとう》されるヤクザであっても、清和が清和である限り、氷川は愛《いと》しくてたまらない。美紀もそんな気持ちをショウに抱いたのではないだろうか、と。

「サメが調べる」

不夜城に彗星《すいせい》の如《ごと》く現れた清和驀進《ばくしん》の最大の理由はサメ率いる諜報部隊《ちょうほうぶたい》だ。サメの手腕もさることながら、諜報部隊随一の実力者と目されたシャチの功績が大きい。それなのに、シャチはある理由から眞鍋組を離れた。シャチの抜けたダメージは大きく、鉄壁の諜報部隊が後《おく》れを取るようになって久しい。プライドがないわけではないだろうが、サメは泣き言を外聞も憚らず漏らしていた。しまいには、ショウや宇治《うじ》といった若い構成員に、諜報部隊が務まりそうな男の紹介をねだった。『誰かいないか』と。

ショウも宇治も、めぼしい男ならばとっくの昔に清和に紹介している。若すぎるうえ、不良少年時代も経験せずにいきなり極道の世界に飛び込んだ時、清和には子飼いの舎弟がいなかったからだ。

「クリスマスまでに調べられるのかな」

サメくんにそんな時間があるのか、と氷川はどこか遠い目でサメを思った。

日本有数の有力企業であり、今や敵対している名取《なとり》グループの動向や、清和の宿敵で今は行方《ゆくえ》の知れない藤堂和真《とうどうかずま》に対する警戒は怠《おこた》れないし、眞鍋組のシマは各方面から虎視眈々《こしたんたん》と狙《ねら》われている。国内最大規模を誇る長江《ながえ》組にしろ、外国のマフィアにしろ、眞鍋組のシマは喉《のど》から手が出るほど欲しいはずだ。昨今、韓国《かんこく》系マフィアの勢力も無視できない。

「それまで保《も》つか?」

ショウを熟知しているからか、清和は最も現実的な意見を口にした。ひょっとしたら、結婚までいたらないかもしれない。それこそ、クリスマス前日に美紀が逃げてしまう可能性がある。

「……そういえばそうだね? ショウくんはいつも女の子に逃げられていたね? 彼女が逃げたらサメくんが調べる必要もないか……」

ショウは別離の理由として女性の生理を掲げているが、彼本人に原因があるとしか思えない。

「ああ」

清和自身、口にしたりはしないが、ショウの女関係には呆《あき》れているようだ。

「もし、ショウくんが美紀さんに捨てられて泣いていたら、クリスマスパーティでも開いて慰めようか? 仕事の関係でクリスマス当日は難しいかもしれないけど……」

氷川が綺麗な笑みを浮かべると、清和は口元を微《かす》かに緩めた。

「任せる」

「千晶くんや千鳥さんも一緒にクリスマスをしようか? もういっそのこと、千鳥さんと卓くんの結婚パーティにするのもいいかもしれない」

今までの人生の中で、こんなにクリスマスに心が騒いだ記憶は一度もない。去年、一昨《おとと》年《し》、三年前、ずっと遡《さかのぼ》っても、街中を彩るクリスマスカラーになんの思いも抱かなかった。急性アルコール中毒の急患が増えるだけで、氷川にはなんの楽しみもないイベントだったのだ。

「……卓は」

男と結婚する気はないだろう、と清和は言外に匂《にお》わせている。

「千鳥さんや千晶くんと一緒にいると、卓くんは寂しそうじゃないから」

氷川がズバリと指摘すると、清和も同意するように頷いた。

「ああ」

卓本人に同性愛嗜好《どうせいあいしこう》はないが、千鳥や千晶と一緒にいると空気がどことなく違う。卓が背負っている辛い過去が薄れてしまうのかもしれない。とりあえず、卓が笑ったり、怒ったり、口をポカンと開けたり、表情が豊かになるのがいい。

「卓くんにそっちの趣味はないと思うけど」

氷川は女性に興味が持てなかったからか、そういった男がなんとなくだがわかる。千鳥にしろノーマルなはずだ。

「……ない」

「千鳥さんと千晶くんがタッグを組んで、祐くんが推《お》しているのなら、卓くんにその気がなくても上手《うま》くいくかもしれない。どうしよう、なんか、楽しい。卓くんと千鳥さんが夫婦になれば楽しい」

　自分と清和以外にも男夫婦ができたら楽かもしれない。味方というか、仲間ができるような感覚なのかもしれない。

「…………」

　清和は楽しそうな氷川に慄《わなな》いていた。

「千鳥さんの仕事が上手くいくように清和くんがいっぱい援助してくれた、って聞いた。助けてくれてありがとう」

　清和は潤沢な資金を提供し、千鳥の仕事を助けた。成功したのは土産物屋《みやげものや》を開いた場所が最高によかったせいもある。また、住居が土産物屋の二階である利便性も大きい。

　清和のあまりの気前のよさに、あの千鳥でさえ恐縮したという。

「……いや」

「清和くん、優しいね」

　氷川が花が咲いたように微笑《ほほえ》むと、清和は照れたようにボソリと答えた。

「先生に似ていたからだ」

　清和のみならずショウや卓まで、千晶や千鳥と似ていると口を揃える。千晶や千鳥に知性を加えたら氷川だとまで言われてしまった。

「僕、あそこまでひどくない」

心外だとばかりに氷川が唇を尖《とが》らせたが、清和はなんとも言いがたい表情で言い切った。

「俺から見たら同類だ」

「一度じっくり話し合わないと」

学生時代には詰め込み式の勉強に励み、医者になってからは仕事一筋でやってきた。狭い世界で生きてきたゆえ、世事に疎《うと》いことは認めるが、千晶や千鳥と同列にされるのは心外だ。氷川は断固として交戦する構えを見せた。

だが、清和の熱っぽい目はもっと違うことを求めている。氷川にとって清和は今でも可愛い男の子だ。しかし、現実の清和は堂々たる美丈夫に成長している。氷川の腕にすっぽり収まった小さな男の子はどこにもいない。

「話し合いなんてしたくないの？」

氷川は白い指で清和のシャープな顎《あご》のラインを辿《たど》った。雄々しい彼の目は雄弁に欲しいものを告げている。

いつの間にか、氷川が身につけていた下着やズボンはソファの下だ。

「…………」

愛しい男が欲しいものを与えられるのは自分しかいない。何より、自分以外、欲しがらせたくない。

「いいよ」

背中に極彩色の昇《のぼ》り龍《りゅう》を背負ったヤクザは野獣どころか、圧倒的に身体の負担が大きい氷川を慮《おもんぱか》り、意外なくらい紳士的だ。氷川の承諾を得なければ、決して自分から欲望を突き刺そうとはしなかった。

「いいのか？」

躊躇《ためら》いがちに聞く清和が愛しくて切ない。

「おいで」

「………」

氷川は清和の後頭部を優しく抱え、自分の薄い胸に押しつけた。かつて清和の据え膳として用意された女性のように豊かな乳房は持っていないが気にしない。いや、気にしないと言えば嘘になるが、そんなことで悩んでも仕方がない。

「僕の清和くん、いつまでも僕のものだ」

「ああ」

ふたりは引き寄せられるように唇を重ねた後、お互いの腕を絡ませた。ぴったりと密着した身体からお互いの熱が伝わる。

「清和くん、くすぐったい」

胸の飾りを口に含む清和に、氷川は目をうるりと潤ませた。

「…………」

故意かもしれないが、胸の突起を弾《はじ》く音がやけに耳についた。いつになく、清和の愛撫《あいぶ》が執拗《しつよう》だ。

「もうそこはいい」

氷川が清和の後頭部を優しく撫《な》で、胸の突起から離そうとした。肌に感じる快感に、あらぬ声を漏らしそうだ。

「…………」

「清和くん、もうそこは駄目」

従順な年下の亭主が言うことを聞いてくれない。氷川の胸の突起はプクンと立ち上がり、いつにもまして紅《あか》かった。

「…………」

「次、次に行こう」

氷川は頬を薔薇色《ばらいろ》に染め、清和の髪の毛を引っ張った。年下の男のジレンマを察する余裕はない。

「…………」

「次、次だよ。次に進もう。清和くん、聞こえているんでしょう。難聴になったなんて言わせないよ。次っ」

氷川が呼吸を乱しながら言うと、清和はやっと顔を上げて男性フェロモンを撒《ま》き散《ち》らした。

「次？」

「わかってるくせに」

氷川はおずおずと清和の下半身に手を伸ばした。体勢のせいか、清和のズボンのベルトが上手く外せない。

「清和くん、もう大きくなってるね」

氷川が全身を薔薇色に染めると、清和は切れ長の目を細めた。

「…………」

「僕のために大きくなったんだね？」

氷川は清和のズボンのベルトを外し、ファスナーを下げた。愛しい男の分身に直《じか》に触れて確かめる。

「ああ」

清和は涼しい顔をしているが、氷川の手にある分身は熱い。

「僕のだね？」

「ああ」

清和にじっと見つめられ、氷川の身体の芯《しん》が疼《うず》いた。知《し》らず識《し》らずのうちに、腰がうねりだす。

「僕の中に入りたい？」

口に出した途端、氷川の最奥《さいおう》が甘く痺《しび》れた。今までに数えきれないぐらい愛し合い、身体は清和の熱や形を覚えている。

「ああ」

「入っていいよ」

氷川が甘く誘うと、清和はズボンのポケットから小さな瓶を取りだした。器用にも右手だけでキャップを開ける。

「清和くん、それは何？」

清和の大きな手にトロリとした液体が滴《したた》り落《お》ちると、辺りにはフローラル系の香りが漂う。

さすがに氷川も潤滑剤として使われるものだと気づいた。

「もらった」

清和の濡《ぬ》れた手が際《きわ》どいところを辿り、氷川は下半身を痙攣《けいれん》させた。

「誰からもらったの？」

いつものことだが、清和は言葉が足りない。

「ジュリアスのオーナーから」

ホストクラブ・ジュリアスのオーナーは眞鍋組と縁のある男で、氷川も少なからず面識があった。あのジュリアスのオーナーのプレゼントならば、単なる潤滑剤代わりのローションではないかもしれない。

「どうしてジュリアスのオーナーがこんなものをくれるの？」

敏感な器官が無性にズキズキと疼き、いてもたってもいられなくなってくる。氷川は肌に走る快感を必死になって堪《こら》えた。

「俺に聞くな」

ベッドの中でも尻《しり》に敷かれている清和を知っているのか、ジュリアスのオーナーは策を講じたのかもしれない。単なるお茶目な悪戯《いたずら》かもしれないが。

「こ、これは普通の？　なんかいやらしいアダルトグッズみたいなの？」

無意識のうちにくねりだす腰が止められず、氷川は縋《すが》るように清和の背中に両手を回した。

「ジュリアスのオーナーに聞け」

したり顔の清和が憎たらしくも愛しい。少しでも気を抜いたら、理性を飛ばしそうで怖い。

「清和くん、もうっ……」

氷川の声に艶《つや》が混じり、左右の爪先《つまさき》がピクピクと震える。

「……綺麗だな」

「こ、この子はっ……」

今さら清和を罵《ののし》っても仕方がないし、ジュリアスのオーナーを問《と》い質《ただ》すわけにもいかない。氷川にできることは愛しい男に身体を差しだすだけだ。

ふたりの甘くて熱い時間が流れていった。

# 3

翌朝、氷川《ひかわ》は清和《せいわ》の腕枕《うでまくら》で目覚めた。

寝顔にあどけない子供の頃の面影を感じ、氷川は頰《ほお》をだらしなく緩めた。もう、可愛《かわい》くてたまらなくなり、清和の唇に触れるだけのキスを落とす。

ゆっくりと清和の目が開き、氷川の存在を確かめたようだ。

「僕の清和くん、可愛い。食べたいぐらい可愛い。本当に食べたら大変だけど可愛い。もう、どうしよう……」

いい子いい子とばかり、氷川は清和に白い頰を寄せた。

「…………」

昨夜《ゆうべ》、氷川を喘《あえ》がせたのは誰だったのか。

子供扱いするな、と清和は反論したいらしいができない。惚《ほ》れた弱みか、出会った時が悪かったと諦《あきら》めているのか、十歳年上の姉さん女房の尻《しり》に敷かれっぱなしだ。すでに達観の境地にいるのかもしれない。

「清和くんが大人になって、男なんだってわかっているんだけどね……わかっているけど可愛いんだ」

清和の視線から昨夜の己の痴態を思い出し、氷川は白い頬を林檎色《りんごいろ》に染めた。肌には清和所有の証《あか》しのようなキスマークが点在している。ジュリアスのオーナーからもらったというローションについては何も言わない。

「…………」

「カッコいいけど可愛いんだ。苦しいぐらい可愛い。僕の気持ちがわかる?」

「…………」

氷川は清和の唇や額にキスを落とした後、きつい目で注意をした。

「僕以外とキスしちゃ駄目だよ」

夜の蝶《ちょう》のサービスであっても、清和がキスするのを、氷川は笑って許せない。愛《いと》しい男に関してはどこまでも心が狭くなるのだ。

「ああ」

氷川は手を伸ばし、清和の股間《こかん》の一物を握った。この先、何があろうとも、他の誰かに触らせたりはしない。

「僕以外に触らせちゃ駄目だよ」

僕だけのもの、僕だけのもの、僕だけのもの、と氷川は清和の分身に向かってぶつぶつと呟《つぶや》いた。

「ああ」

「僕以外の前でパンツを脱いじゃ駄目だよ」

清和の下着を脱がすのも、下着を穿《は》かせるのも、氷川だけに許された特権だ。ついでに下着を洗うのも氷川の役目だ。

「ああ」

「美紀《みき》さんとは何もなかったんだね？」

氷川は一際《ひときわ》強い力で清和の分身をぎゅっと握った。これは僕のものだから、と氷川は呪《じゅ》文《もん》のように唱える。

「ああ」

清和は呆《あき》れているようだが、態度にはいっさい出さない。

「美紀さんと仲良くしないように」

氷川は年上のプライドなんかとっくの昔に放棄している。清和に関してはすべてを捨ててしまうのかもしれない。

「ああ」

素直に返事をする清和に微笑《ほほえ》み、氷川は手にした分身に軽く口づけた。

「……あれ？」

手にした清和の分身が脈を打ちながら成長していく。

「…………」

「清和くん、どうして？」

氷川が困惑で目を丸くすると、清和は男らしい眉《まゆ》を顰《ひそ》めた。朝っぱらから煽《あお》っているのはほかでもない氷川だ、と清和は切れ長の目で非難している。

「…………」

「昨日の夜、したでしょう？」

昨夜、清和の情熱を注ぎ込まれた氷川の身体《からだ》には確かな倦怠感《けんたいかん》がある。どんよりと腰も重い。

「……触るな」

清和は分身を握る氷川の手を引かせようとした。そろそろ堪《こら》えるのが難しくなっているようだ。

「本当に若いんだね」

氷川は清和の若さを改めて実感し、成長した分身を指で弾《はじ》いた。

「……おい」

「僕、朝からしたら仕事にならない」

氷川が目元をほんのり染めると、清和は苦しそうに視線を逸《そ》らした。艶《なま》めかしい氷川を直視できないのだろう。

「わかっている」

清和は氷川に退職を迫っているが、そうそう身体に負担をかけることはしない。抱《だ》き潰《つぶ》せ、という祐《たすく》の指示も最近は出ていないようだ。時に、眞鍋《まなべ》組のシマにいるより、勤務先にいるほうが安全だからだろう。氷川の仕事に関しては、祐を筆頭に眞鍋組の男たちのジレンマは物凄《ものすご》い。

「大きくなっちゃったからね」

氷川は悪戯《いたずら》っ子《こ》のように微笑むと、清和の分身を両手で挟んだ。先走りの滴《しずく》が漏れ、氷川の繊細な手を濡《ぬ》らす。

「放せ」

「放してあげない」

氷川があだっぽく微笑むと、清和は低い声で呻《うめ》いた。

「……っ」

「ここで放したらほかの女の子のところに行ってしまう」

氷川が焼かなくてもいいやきもちを焼くと、清和は凜々《りり》しく整った顔を歪《ゆが》めた。

「行かない」

「これは僕のものだから、僕のために大きくなったんだよね」

「ああ」

「嬉《うれ》しい、ずっと僕のものだよ」

氷川は体勢を変えて、清和の分身を口に含もうとした。けれど、察した清和に阻《はば》まれてしまう。

「いい」

氷川のサービスを拒む清和は、痛々しいまでに勇ましかった。

「なぜ?」

かつて氷川は清和の分身を思い切り噛《か》んでしまったことがある。何も、噛もうとして噛んだわけではない。どうして歯を立ててしまったのか、今となっては思い出せないぐらいだ。

「いいから」

清和は氷川の身体を反転させると、ピンクのシーツに沈めた。そして、氷川の太ももをぴっちりと閉じさせる。

「清和くん?」

「動くな」

清和の分身を閉じた太ももに感じ、氷川は脳天が熱く痺《しび》れた。体内に受け入れるより、はっきりと清和の形や重量を感じる。

「……清和くん、好きだよ」

氷川が上ずった声で愛を告げると、清和の呼吸が少し荒くなった。

「俺もだ」

氷川を組み敷いた清和に、子供時分の面影はない。屈強な男たちを従えた不夜城の支配者だ。

「ずっと好き」

氷川は白い肌を紅《あか》く染め、若い男の情熱を受け止めた。


氷川は熱いシャワーを浴びてから、いつもとなんら変わらない朝を過ごす。

清和は氷川が作った朝食を摂《と》り、食後のコーヒーを飲む。コーヒー豆を酸味の利いたモカに変えたばかりだ。

清和が目を通している新聞記事に名取《なとり》グループの文字が躍っていた。日本に見切りをつけて海外に進出したが、惨敗を喫した事業が少なくないようだ。かつては世界を席巻《せっけん》した日本企業だが、今は見る影もない。各国で支持されていた電機メーカーでは粉飾決算が発覚し、大きな社会問題のひとつとなっている。遠からず、名取不動産の粉飾決算も取《と》り沙汰《ざた》されるだろう。

「清和くん、僕が病院に泊まり込んでいた間、警察に囲まれたりはしなかったんだね？」

名取グループ会長と眞鍋組はいい関係を築いていたが、跡取り息子である名取不動産社長の悪行に堪忍袋の緒が切れた。眞鍋組は覚悟を決めて名取グループと決別したが、事態は悪化の一途を辿《たど》っているとしか思えない。跡取り息子は舅《しゅうと》である大物政治家を頼り、警察に圧力をかけ、清和を塀の中に送り込もうとしている。学会があった日、警察官に囲まれた清和を見て、氷川は背筋を凍らせたものだ。

「ああ」

侮っているわけではないらしいが、清和はまったく警察を相手にしていなかった。警察は眞鍋組に甘いと聞いたが、だからといって安心はできない。

「あれから警察は何も？」

「心配するな」

聞き慣れたセリフが清和の口から飛びだした時、来客を告げるインターホンが鳴り響いた。送迎係のショウだ。

氷川は清和に見送られて、ショウとともに眞鍋第三ビルを後にした。車中の話題はもっぱらショウの花嫁候補である美紀についてだ。

「ショウくん、美紀さんとはどこで出会ったの？」

歯切れの悪い清和がどうにもひっかかり、氷川はふたりの馴《な》れ初《そ》めから聞きださないと気がすまない。

「美紀には桐嶋《きりしま》組長のシマで初めて会いました。チンピラに絡まれていたところを助けたんです」

ショウは幸せオーラを撒《ま》き散《ち》らしつつ、美紀との出会いを嬉々《きき》として語った。氷川を慕う桐嶋元紀《もとき》が統《す》べる街で、ショウと美紀は初めて出会ったらしい。数人の悪そうな男たちに囲まれ、美紀は震えていたそうだ。

「チンピラに絡まれていた？　桐嶋組のチンピラに絡まれていたの？」

氷川に忠誠を誓う桐嶋が組長に就任してだいぶマシになったらしいが、桐嶋組の構成員の評判はおしなべて悪い。眞鍋組の若い構成員のように昔気質《むかしかたぎ》の極道の薫陶《くんとう》を受けていないからだろう。

清和の義父である顧問の橘高正宗《きったかまさむね》と舎弟頭の安部信一郎《あべしんいちろう》の存在はどっしりと重い。

「いや、単なるチンピラだと思います。弱かったし」

あの日、ショウは美紀を取り囲んでいた男たちの前に立ち、足元にあった古い看板を蹴《け》り飛《と》ばした。

『女ひとりによってたかって何をしているんだ？　ここらは桐嶋組のシマだぜ？　桐嶋組長はそういうのを許さない男だぜ？』

ショウひとりだとみくびったのか、スキンヘッドの大男が殴りかかってきた。もちろん、ショウはなんでもないことのように軽く躱《かわ》す。あっという間に、美紀を取り囲んでいた男たちを地面に転がした。

『彼女、大丈夫か？』

ショウが心配そうに声をかけると、美紀は泣きそうな顔でその場に崩れ落ちたそうだ。

『……ありがとうございました……怖かった……』

美紀の涙を見た途端、ショウの全身に稲妻が走ったという。その後、女性に人気のあるケーキショップに美紀を連れていったそうだ。そこで、ショウはノンストップで口説きまくった。

美紀はほんのりと目元を染め、携帯電話を差しだして、赤外線通信で情報のやりとりをしたという。

一気に語ったショウには達成感が満《み》ち溢《あふ》れていた。

「美紀さんにしてみればショウくんは恩人なのか」

窮地を救ってくれたショウを運命の人だと思い込んでも不思議ではない。氷川は冷静に美紀の心情を察した。

「あの日、美紀は友達と会う約束をしていたそうです。でも、友達からドタキャンを食らってひとりでブラブラしていたとか」

「ヤクザの女房は夜の蝶か風俗嬢だって聞いたけど、美紀さんは違うよね？　ＯＬさんでもないのかな？」

氷川が美紀の職業について尋ねると、ショウはあっけらかんと答えた。

「輸入雑貨店の店長です。友達がオーナーなんだとか」

美紀の予想外の職業に、氷川は長い睫《まつげ》に縁取られた目を揺らした。

「若いのに店長なのか」

「店の規模も小さいし、売り上げもたいしたことないみたいです。毎月、カツカツだって」

美紀はこぢんまりとした店をひとりで切り盛りしているらしい。ターゲットは同年代の女性だ。

「ショウくん、美紀さんを養えるの？」

ショウに甲斐性《かいしょう》があると聞いた記憶は一度もない。氷川自身、虫眼鏡で虱潰《しらみつぶ》しに探してもショウには甲斐性の欠片《かけら》さえ見つけられない。ヤクザとしてのショウを支えてきたのは言わずもがな京介《きょうすけ》だ。

「ヤクザは若いうちは女の面倒になるもんなんスよ。美紀が頑張ってくれるそうです」

よっぽど女が惚れ込まなければヤクザは養えない。

「美紀さん、ヤクザのお嫁さんでもかまわないって？」

一般女性にとって極道はハードルが高すぎる。暴力団関係者というだけで別離の理由になるのだ。

「はい、そう言ってくれました」

「ショウくんがお金に困ったらソープ嬢になるって？」

夫が金銭的に困ったら風俗に身を沈めて稼ぐのが極道の女房だ。今まで氷川は幾度となく聞かされた。

「それはおいおい教育します。今の時点でその話をしたら逃げられます」

ショウは高らかに笑いながら、交差点でハンドルを左に切った。

「ショウくん、君らしくもない。なんか、ズルい手を使っていない？」

どうやら、ショウは厳しい極道の妻の現実を美紀に知らせていないようだ。裏表のない男にしては珍しいが、決して褒《ほ》められることではなかった。

「俺、美紀を逃したくないんスよ」

美紀に対する並々ならぬ意気込みが、運転席のショウから伝わってくる。前の彼女の時とは雲泥の差だ。

「そんなに好きなの？」

氷川が穏やかに尋ねると、ショウは照れずに断言した。

「美紀に決めました」

「美紀さんと幸せになれればいいね」

そんなにショウが愛しているならば、美紀と幸せになってほしい。祐の懸念が間違いであることをひたすら願う。

「美紀と幸せになるつもりですから、卓《すぐる》に邪魔をしないように言ってください」

なんの前触れもなく突然、ショウは卓の名前を出した。ピリピリピリッ、としたものが伝わってくる。

「卓くん？　卓くんがどうして邪魔をするの？」

卓は他人の恋路を邪魔するような男ではない。思わず、氷川は聞き間違いかと自分の耳を疑った。

「卓、千鳥《ちどり》をフるのに美紀の名前を出しやがる」

卓は千鳥の猛攻に負けそうになり、苦し紛れにショウの花嫁候補を口にしたのだろう。氷川にはその様子が容易に想像できる。

「卓くんも困っているんだね」

氷川がふわりと微笑むと、ショウは憮然《ぶぜん》とした面持ちで言った。

「そのわりに仲がいいんスよ？　昨日も結局、三人で一緒にメシを食って、ゲーセンに行って、川の字になって寝たみたいだし」

卓はなんだかんだと言いつつも、千鳥や千晶《ちあき》と行動をともにし、楽しい時を過ごしているという。昨夜、千鳥や千晶の宿泊先は卓の部屋であり、三人仲良く並んで眠りについたらしい。

今朝、三人で牛丼《ぎゅうどん》チェーン店の朝定食を平らげてから、千晶と千鳥は小田原《おだわら》に帰ったそうだ。

「うん、卓くんが寂しそうじゃなければいいんだ」

普段、決して口に出さないが、卓の孤独感は察するにあまりある。

「千晶と千鳥がそばにいたら寂しがってる暇はねぇ」

ショウがもっともなことを口にした時、氷川の勤務先が見えてきた。周囲になんの異変も感じない。

きつい風を頬に受けながら、氷川は白い建物に入った。

急激に寒くなったせいか、一気に風邪の患者が増えた。氷川はめまぐるしい午前の外来診察を黙々とこなす。若い看護師がストレスから感情を爆発させそうになったが、ベテラン看護師がやんわりと上手《うま》く抑え込んだ。権力を盾に無茶を要求する患者には穏便に引き取ってもらう。

患者に扮《ふん》した眞鍋組の関係者や名取グループの関係者はひとりも現れなかった。もっとも、巧妙に変装していたらわからないが。

食堂で遅い昼食を摂っていると、小児科医の安孫子《あびこ》がやってきた。氷川の顔を見つけると、トレーを持って足早に近寄ってくる。

「氷川先生、ご一緒していいですか？」

生真面目《きまじめ》な安孫子を拒む気は毛頭なく、氷川は満面の笑みを浮かべた。

「安孫子先生、どうぞ」

「祐さん、覚えていますか？」

安孫子は椅子《いす》に座った途端、女神と称《たた》えている祐の名を挙げた。氷川が眞鍋組の策士を忘れるわけがない。

「覚えています。安孫子先生からお聞きしていますから」

祐は安孫子を惑わせたまま、今も手のひらで転がしている。まったくもって祐の目的が摑《つか》めない。

「祐さん、昨夜もメールをくれました。おかげで僕は当直を乗り切ることができました」

いったい何日連続で病院に泊まり込んでいるのか、もはや安孫子に確かめる気にもなれない。

「そうですか」

祐のメールの内容は挨拶文《あいさつぶん》に近い当《あ》たり障《さわ》りのないものだが、安孫子には愛の言葉に見えるらしい。

を添えた。

「今朝もメールをくれました」

安孫子は箸《はし》を持ったまま陶酔しているが、氷川は曖昧《あいまい》な笑みを浮かべて味噌汁《みそしる》の椀《わん》に手を添えた。

「そうですか」

いつもより味噌汁が塩辛く感じられるのは気のせいではないだろう。

「僕、幸せです」

メールのやりとりだけで、安孫子は祐の声を直接聞くことさえできない。当然、祐を食事に誘う度胸もない。いったいどこが幸せなのか、女癖の悪い医師たちが知ったら卒倒するだろう。

「そうですか」

清和くんじゃないけど僕も同じセリフしか言えない、と氷川はなんとも複雑な気分で安孫子の話を聞いた。

「これでクリスマスを乗り越えられます」

ご多分に漏れず、安孫子のクリスマスは仕事で埋まっている。

「そうですか」

眞鍋組の策士の性質をよく知っているだけに、明るい未来が考えられず、恐ろしくてたまらなくなる。ざっと見渡したが、閑散としている食堂に眞鍋組の男が張り込んでいる気配はない。

祐くん、こんなに真面目な安孫子先生をどうする気なの、安孫子先生を苛《いじ》めてもなんのメリットもないでしょう、僕の後輩を泣かせないでほしい、僕の後輩だから振り回しているの、丸く収めてね、氷川は心の中で祐に文句を連ねながら、安孫子の鬱陶《うっとう》しくも物悲しい気持ちを静かに聞き続けた。

# 4

夕方の六時過ぎ、氷川《ひかわ》が病棟を歩いていると、目の前に眞鍋《まなべ》組の重鎮である安部《あべ》がのっそりと現れた。地味なスーツに身を包んでいても、その存在だけで周囲を任俠《にんきょう》の世界に変えてしまう。タイミングを見計らったのだろうが、付近に病院のスタッフがひとりもいなくてよかった。

「お仕事、上がっておくんなせぇ」

眞鍋組に何かあったのだ、と安部の一言で氷川は察した。

「わかりました」

すでに日常業務は終えている。氷川は足早にロッカールームに戻ると、追い立てられるように清和《せいわ》の携帯電話を鳴らした。

「……出ない」

どうも、清和は携帯電話の電源を切っているらしい。ショウやリキ、祐《たすく》の携帯電話にしてもそうだ。桐嶋《きりしま》の携帯電話はジョーク混じりの留守番メッセージが虚《むな》しくも流れる。思わず、警察庁のキャリアである二階堂正道《にかいどうまさみち》の携帯電話を鳴らしそうになってしまった。

ここであれこれ思いあぐねても仕方がない。氷川は自分で自分に言い聞かせると、白衣を脱いでロッカーに入れた。

鏡で自分の姿を確認してから、氷川はロッカールームを後にする。逸《はや》る気持ちを抑えて、ここ最近、ショウと待ち合わせ場所にしているところに向かった。すでに辺りは真っ暗な闇《やみ》に覆われ、きつい木枯らしが吹いている。

氷川送迎用の黒塗りのベンツの前では、安部が断頭台に上る罪人のような顔で佇《たたず》んでいた。同じ光景を背にしてもショウとはまったく雰囲気が違う。ショウはどこかシャープでいて明るく、安部は兎《と》にも角《かく》にもズシリと重い。

「姐《あね》さん、お疲れさんでやんす」

安部が氷川のために後部座席のドアをうやうやしく開けた。

「安部さん、どうしたの？　何かあった？」

よほどのことがない限り、氷川の送迎係はショウである。ショウ以外が迎えに行くことはない、と清和に注意された時もあった。仁義の男の代名詞と化している安部でなければ、いくら眞鍋組の関係者であっても、そうやすやすと近づいたりはしない。

「お寒いですし、乗っておくんなせぇ」

安部は氷川の華奢《きゃしゃ》な身体《からだ》を冷たい風から守るように立っている。泣く子も黙る恐ろしい風貌《ふうぼう》の持ち主だが、心根はひたすら優しい。

「わかりました」

安部に促されるまま、氷川は広々とした後部座席に乗り込んだ。

運転席や助手席には見慣れない男がいる。眞鍋組の構成員の顔を全員、知っているわけではないが、氷川の記憶が正しければ一面識もない。

運転手は一声もかけずにアクセルを踏んで発車させた。氷川を乗せた車は瞬《また》く間《ま》に高級住宅街を通り抜ける。

車中、重々しい空気が流れ、誰も口を開こうとはしない。氷川が我慢できずに沈黙を破った。

「安部さん、何があったのですか？」

氷川は隣に腰を下ろしている安部に優しく尋ねた。

「組長の口から聞いておくんなせぇ」

昔気質《むかしかたぎ》の極道は普段より抑えた声でポツリと答えた。常日頃、身に纏《まと》っている覇気が今日は微塵《みじん》も感じられない。

「清和くんは無事ですね？」

氷川は真剣な目で一番重要な事項を確かめようとした。

「はい」

安部が押し殺した声で簡潔に答えると、助手席にいる男は鼻で笑った。運転手のハンドル捌《さば》きが荒く、氷川は舌を噛《か》みそうになるが、それについては文句を言わない。

「リキくんやショウくん、みんな無事なんですね？　祐くんは倒れていませんね？」

清和に命を捧《ささ》げる男たちは、氷川にとっても大切な存在だ。誰ひとりとして欠けてほしくない。

「はい」

祐の名前に安部は特に反応し、眉間《みけん》の皺《しわ》が深くなった。安部にとって祐は、息子というべきか、歳《とし》の離れた弟というべきか、贖罪《しょくざい》の相手のひとりというべきか、いつも何かと気にかけている存在だ。そもそも、祐の姉の事故がきっかけで、安部は眞鍋組の盃《さかずき》を受けたようなものだ。

祐は不器用にしか生きられない安部の存在により眞鍋組の門を叩《たた》いた。

「抗争？」

とうとう抗争が勃発《ぼっぱつ》したのだろうか、急先鋒《きゅうせんぽう》のショウの代理として安部は来てくれたのか、安部は祐の指示で動かされているのか、氷川は沈痛な面持ちで聞いた。

「戦争はないと思いやす」

歯切れの悪い安部に、氷川の白皙《はくせき》の美貌が不安で曇った。

「……安部さん？　気分が悪いの？　熱はないようだけど？」

氷川は白い手で安部の額に触れた。

「姐さん、お医者さんですなぁ」

安部は苦笑を漏らしながら、氷川の白い手をそっと離す。俺なんかの心配は無用ですぜ、と安部は言外で語っているのだ。

「こんなに辛《つら》そうな安部さんを初めて見た」

橋高の舎弟として武闘派で鳴らした安部は、数多《あまた》の凄絶《せいぜつ》な修羅場《しゅらば》を乗り越え、本物の極道として勇名を轟《とどろ》かせている。氷川が知る限り、安部から闘志や生気が失われたことはない。

「俺は長生きしすぎたのかもしれません。もっと早くどこかで野垂れ死にしておけばよかった」

弱音を吐く安部が知らない男に見えた。

「まだまだ若いのに何を言っているんですか？　僕の前で命を粗末にする発言は許しません」

氷川が医師の目で言い放つと、車内はしんと静まり返った。

沈黙を破ったのは助手席に座っている男だ。

「……いい、いいよ、優しそうな顔をしてきついのもいい。綺麗《きれい》なのにインテリドクターっていうのもいい。姐さんは俺がもらい受けるぜ」

助手席にいる男は首を捻《ひね》り、氷川を楽しそうに見つめる。

「……君？」

氷川は無礼を咎《とが》めるように睨《にら》みつけたが、なんの効力もなかったようだ。助手席にいる男はニヤニヤと笑いながら甲高い声で名乗った。

「俺は香坂《こうさか》、あんたの新しい夫になる男だ。よく覚えておけ」

氷川の夫は眞鍋組二代目組長である清和以外に存在しない。いきなり現れた香坂を夫と呼ぶ気は冗談でもなかった。

「……何を言っているんですか？」

いったい何がどうなっているのか、氷川は香坂をまじまじと眺めた。ヤクザの匂《にお》いはあまりしないが、どこからどう見ても素人《しろうと》ではない。異国の血が混ざっているのか、顔の彫りが深く、目はくっきりとしている。顔立ち自体も悪くはないが、醸しだしているムードが陰湿すぎた。

「これからお前が銜《くわ》えるのは俺のだ。毎晩、可愛《かわい》がってやるから楽しみにしていろ」

氷川が香坂の相手をまともにする必要はない。まかり間違っても、彼は清和に忠誠を誓った男ではないはずだ。

「君、眞鍋組の構成員じゃないね？」

「俺は正真正銘、眞鍋の男さ」

香坂は胸に眞鍋組の金バッジをつけているが、だからといっておいそれとは信じられない。

「安部さん、この失礼な人は誰？」

氷川は八つ当たりのように隣にいる安部の膝《ひざ》を軽く叩いた。

「姐さん、こらえておくんなせぇ。まだ若いので礼儀を知らねぇんでさあ」

安部が物悲しい哀愁を発し散らし、苦しそうに弁解をした。間違いなく、いつもの安部ではない。常の安部ならば氷川に詫《わ》び、香坂を一喝しているはずだ。

「ショウくんや宇治《うじ》くん、卓《すぐる》くんや吾郎《ごろう》くん、僕が知っている眞鍋の子は若くても礼儀正しいけど？　君は眞鍋の男ではありませんね？」

清和に命を捧げた眞鍋の男ならば、氷川にこのような言葉は向けない。無鉄砲の限りを尽くしたショウでさえ、氷川には最大限の礼儀を払っている。

「姐さん、ここはひとつお頼み申しやす」

眞鍋組の重鎮である安部でさえ、香坂の機嫌を取らねばならないらしい。氷川が知らない義理に縛られているのだろうか。

「何が？　この失礼な人と関《かか》わりたくないんだけど？」

「……姐さん」

安部の顔色がますます悪くなったので、氷川は綺麗な目をゆらゆらと揺らした。医師としての直感に突き動かされる。

「安部さん、病院に行こうか？　僕が診《み》るから安心してほしい」

安部は屈強な男だが、若い頃から無茶に無理を重ねているし、背中に刻まれた極道の証《あか》しも身体に悪い。前々から精密検査を受けさせたくてたまらなかった。

「……いや、とんでもないことでさぁ」

安部が慌てたように首を振ると、香坂は茶化したように言い放った。

「姐さんを本家に連れていく必要はないんじゃないか？　このまま俺の部屋に直行するぜ。どうせ俺の女にするんだから」

香坂の言葉を遮るように安部は低く凄《すご》んだ。

「香坂、それは断じて許さん。何事にも筋というものがあるんだ。お前も眞鍋の若頭を名乗るならよく覚えておけ」

安部が有無を言わせぬ迫力を漲《みなぎ》らせた途端、車中に緊迫した空気が流れる。これこそが修羅の波を潜《くぐ》り抜《ぬ》けてきた男たる所以《ゆえん》だ。

「相変わらず、カビ臭い男だな」

香坂は安部を揶揄《やゆ》するように大きな溜《た》め息《いき》をついた。

「これ以上、何も喋《しゃべ》るな」

安部の指示が利《き》いたのか、香坂は氷川に話しかけたりはしなかった。もっとも、氷川も安部に声をかけられない雰囲気だ。

姐さん、今は何も訊《き》かないでおくんなせぇ、と安部に苦悩に満ちた視線で懇願されたような気がした。

眞鍋組で何か異変が起こったことは確実だ。何が起こったのか、清和に何かあったのだろうか、清和が撃たれて重傷なのか、まさか清和の跡目を決める段階に入ったのか、名取グループの妨害に遭ったのか、警察の手がとうとう清和に及んだのか、かねてから危惧《きぐ》していた藤堂《とうどう》の反撃が開始されたのか、ついに関西の長江《ながえ》組が進出してきたのか、プロより質《たち》の悪い素人と揉《も》めたのか、氷川はいくつもの最悪の事態を想定した。決してその場で狼狽《ろうばい》しないように、今のうちに腹を括《くく》っておかなければならない。

清和くんが死んだら僕も死ぬ、清和くんのいない未来に未練はない、香坂みたいな男のものにはならない、と氷川が心の中で呟《つぶや》いた時、車窓の外に見覚えのある光景が広がった。

どこまでも続く長い塀の前には、黒いスーツに身を包んだ眞鍋組の男たちがズラリと並んでいる。ここは眞鍋組の初代組長の屋敷だ。清和の実父である初代組長は、植物人間状態で、意識を取り戻す気配はない。初代姐の佐和《さわ》が甲斐甲斐《かいがい》しく看護をし、眞鍋の本家を守っている。

氷川を乗せた車は眞鍋本家で停まり、安部が真っ先に後部座席から降りた。

「姐さん、お疲れ様でやんした」

安部は周りの構成員に睨みを利かせつつ、氷川のために後部座席のドアを開けた。

「ありがとう」

氷川が車から降りた瞬間、周りにいる構成員からどよめきが起こった。不躾《ぶしつけ》な視線が氷川に集中する。

「おい、男じゃねぇか」

「ああ、確かに綺麗だが男だ」

「女の代わりができる男なんだよな。どうして女のカッコをさせないんだ。化粧させたほうがもっと綺麗だぜ」

どうして今さらそんなに驚くのか、氷川は怪訝《けげん》な目で周囲を見回した。

若い構成員から中年の構成員まで、各年代の男たちがスーツ姿で揃《そろ》っている。しかし、氷川が知っている眞鍋組の男の顔がひとつもない。清和が気に入っているショウや宇治、卓や吾郎、摩訶不思議《まかふしぎ》の枕詞《まくらことば》がつく信司《しんじ》といった男たちの姿も見えなかった。いつもならば誰かひとりぐらいはいるものだ。

男たちの絡みつくような視線を遮断するが如《ごと》く、安部の巨体が氷川の前に立ちはだかった。そして、ゆっくりと進みだした。

「安部さん、もうそんなオカマに頭を下げなくてもいいんだぜ」

「最後にオカマの顔の形が変わるくらい殴れよ。じゃないと、ここから生きて帰してもらえないぜ」

「そんなオカマを姐に据えるのが間違っている。おっさん、組長への筋を通して、そのオカマをバラせよ」

容赦ない罵声《ばせい》が浴びせられるが、安部は相手にしない。氷川も無言で安部の広い背中についていくしかない。

玄関口に白髪《しらが》混《ま》じりの橘高の舎弟を見つけ、氷川はほっと胸を撫《な》で下《お》ろした。廊下にも橘高の舎弟が何人か並んでいる。

橘高が見込んで取り立てた構成員が、悲痛な顔つきで氷川に腰を折った。何か言いたそうだが、氷川が声をかけられる空気ではない。

白梅が描かれた襖《ふすま》が開けられると、何人もの屈強な男たちが一列に並んでいた。それぞれ鈍く光る拳銃《けんじゅう》を構えている。

すべての凶器の焦点は安部に向けられていた。いや、正確に言えば、安部の広い背中の後ろにいる氷川が狙《ねら》われている。

「カタギさんにチャカを向けるとは何事かっ」

安部が鬼のような形相で凄んだが、目の前にいる男たちは銃を下ろさない。

「その女を殺さないと気がすまない、と姐さんが仰《おっしゃ》るもんで」

おやっさん、どいてください、と背の高い男は低い声で続《つづ》けた。彼は橘高が可愛がっていた舎弟のひとりだ。氷川が組長代行に立った時、身を粉《こ》にして眞鍋のために尽くしてくれた。

「責任は俺が取る。ここは引け」

安部が苛烈《かれつ》な迫力を漲《みなぎ》らせると、目前に並んだ男たちは渋々といった風情で拳銃を収めた。誰もが安部に対して一礼するが、氷川とは目を合わせようとはしない。清和の義母が息子のように面倒を見ていた子飼いの舎弟は泣きそうな顔をしている。彼らは氷川を嫌悪《けんお》していても、唾棄《だき》しているわけでもない。なんというのだろう、彼らは氷川を憐《あわ》れんでいるようだった。

僕は彼らに同情されるような立場になったのか、と氷川はなんとなくだが悟った。何が起こっても動じないと、改めて腹を据える。

奥に進むにつれ、安部の緊張感が増す。

紅梅が描かれた襖が静かに開けられると、百畳以上あるのではないかと思われる広い和室があった。

日本刀が飾られた床の間の前、上座の中心には初代姐である佐和が座り、隣には人相の悪い大男と艶《つや》やかな着物姿の京子《きょうこ》がいた。

『私に恥をかかせたということは、本家の姐さんの顔にも泥を塗ったということよ。指一本では許してやらない。私と本家の姐さん用に指を二本詰めて、それで許してあげる』

京子に落とし前を迫られた時のことは、今でも明確に覚えている。

どうしてこの場に清和の恋人だった京子がいるのか、こんな予測はしていなかった、と氷川の心臓の鼓動がいやでも速くなったが、佐和の左手前に清和とリキを見つけて安堵《あんど》の息を吐いた。とりあえず、清和の無事な姿を確認できたらいい。

「安部、わざわざ女を連れてくる必要はなかったのに」

佐和の隣に座っていた人相の悪い男が横柄な態度で言うと、安部は畳に手をついて粛々と挨拶をした。

「眞鍋の看板を下ろさない限り、筋を通さねばなりません。今の時点では、二代目姐はまだ氷川諒一《りょういち》姐さんでさぁ」

「融通の利かない男だな……まあ、いい、氷川の姐さん？　俺が眞鍋組の三代目組長の加《か》藤正士《とうまさし》だ。覚えろ」

一瞬、氷川は何を聞いたのかわからなかった。だが、加藤正士と名乗った人相の悪い男は冗談を言っているわけではない。それだけはわかった。

「……はい」

氷川が努めて平静に応対すると、加藤は真上から叩きつけるように言い放った。

「おい、さっさと頭を下げろ。挨拶《あいさつ》もできないのかっ」

加藤に言われるがまま、氷川は畳に手をつき、無言で深々と頭を下げた。清和がどんな表情を浮かべているのか、さりげなく確かめる余裕はない。

「頭が高い、ちゃんと畳に頭を摩《す》りつけろ、お前は蹴《け》り飛《と》ばさないとわからないのかっ」

挨拶の仕方が気に入らないらしく、加藤は金のライターを氷川の後頭部に向かって投げつけた。

「……痛」

氷川が掠《かす》れた声を漏らすと、安部が苦しそうに口を挟む。

「それぐらいで勘弁してやっておくんなせぇ」

安部の言葉に折れたわけではないようだが、加藤は面白くなさそうに鼻を鳴らした。傍《ぼう》若《じゃく》無《ぶ》人《じん》な加藤も、安部を足蹴《あしげ》にはできないらしい。

それぞれの明確な立ち位置が摑《つか》めない今、氷川は口を閉じて頭を下げ続ける。決して顔を上げ、加藤を見据えたりはしない。

「モグリの木村《きむら》先生がどこに行ったのかわからねぇ。舎弟の女が孕《はら》んで面倒なことになっているんだ。医者なんだからガキを堕ろすぐらいできるよな？　女のところに行ってガキを堕ろしてくれ。二度と孕まないようにしておけよ」

加藤の言葉を理解した瞬間、氷川に怒りが込み上げてきた。彼は人の命をなんとも思っていない。

氷川は顔を上げて、ふんぞり返っている加藤を見つめた。

「僕に違法な堕胎手術をしろと？」

「つべこべ言わずにさっさとやれ」

加藤は横柄な態度で顎《あご》をしゃくったが、氷川は凜《りん》とした態度で拒絶した。

「お断りします。僕には命を預かる医師としてのプライドがあります」

「俺を誰だと思っているんだ？　眞鍋のトップは俺だぜ？」

なぜ清和が二代目組長から降りたのか、なぜこんなろくでもない男が三代目組長になったのか、なぜリキも安部もおとなしく従《と》っているのか、なぜこの場に京子がいるのか、なぜ佐和は黙っているのか、今の氷川は問い質《ただ》せない。けれども、加藤に言っておかねばならないことがある。

「誰であろうとも僕に違法な手術を命じることはできません。控えてください」

かつて銃口を押しつけられても氷川は怯《ひる》まなかった。今さら加藤のような男が何を騒いでも屈しない。

「このっ」

加藤がいきりたって床の間に飾っている日本刀に手をかけた。

氷川はいっさい動じず、加藤を真正面から見据える。清和ならば素人に対する威嚇で凶器なんか持ちださない。

「眞鍋の三代目を名乗る男が素人相手に日本刀を振り回すのですか？　眞鍋の組長も軽くなったものですね」

氷川は加藤だけでなく隣にいる佐和も咎めるように見つめた。聡《さと》い佐和ならば無言の訴えが届くはずだ。

「キサマ……女だからと優しくしてやったらつけあがりやがって。ナメるんじゃねぇぞっ」

加藤は抜き身の日本刀を手に、氷川のそばに大股《おおまた》で近寄った。赤地の着物を身に着けた京子は、冷酷な目で氷川を凝視している。

「女と呼んだ僕を日本刀で脅《おど》すのが男ですか？　斬《き》れるものなら斬ってごらんなさい。あなたの名前が地に堕ちるだけです」

氷川が冷たい声で侮辱すると、加藤の怒りのボルテージが上がった。

「俺は俺に逆らう女を成敗しただけだ。斬られるようなことをしたお前が悪い。わかっているな？　全部、お前が悪いんだ」

自分の妻や子に暴力を振るうＤＶ男の言い訳が、悪鬼と化した加藤の口から出る。本心からそう思い込んでいるのだ。

「あなたの愚かさが露呈する言い訳と行動です。恥ずかしくないのですか？」

「……女のくせに生意気な」

「改めて確認します。あなたは僕の言っていることを理解する力がないのでしょうか？　僕の言葉が理解できないのならば、もう一度、小学校からやり直す必要があります。佐和姐さん、小学校の入学手続きを取ってください」

氷川が一歩も引かずにいると、ここまでずっと無言だった佐和が初めて口を開いた。

「優しそうな顔をしているのに気が強い。相変わらずじゃ」

静かな迫力を漂わせる佐和に対し、氷川は畳に両手をついて礼儀正しく接した。

「ご無沙汰《ぶさた》しております。いつぞやは失礼いたしました」

「安部から何も聞かなかったのかい？」

佐和に安部を咎めている気配はないが、だいぶ困惑しているようだ。そして、氷川の来訪を歓迎している。

「はい」

僕に何をさせようとしているのか、僕の役割はなんだ、と氷川は佐和の目を真っ直《ます》ぐに見つめた。

「なら、私が話すしかないのかい。眞鍋の初代組長の意識が戻ったんだよ。清和が二代目組長に就任したと知ったら驚いてね」

佐和が穏やかな口調でことの経緯を語りだした。長い間、植物人間状態だった初代組長の意識が戻ったという。

未成年の清和が二代目組長に就任し、橘高が顧問に就《つ》いていると知り、初代組長は驚愕《きょうがく》したそうだ。

即刻、清和の二代目組長を廃し、加藤正士の三代目組長襲名を決めた。

三代目組長の加藤はかつて清和が粛清した眞鍋組の若頭の息子であり、性悪なヤクザ予備軍として評判になっていた。清和が中学生だった時、加藤は高校を中退していたが、まっとうに生きていた女をいたぶり、搾取する手管はプロ並みだったという。加藤に骨までしゃぶりつくされ、薄幸な人生を終わらせた女性は少なくはない。

「加藤の妻が京子じゃ。私の従妹《いとこ》の娘に当たる……が、私の娘みたいなもんじゃな」

佐和が語り終えた後、京子は勝ち誇ったように氷川を見下ろした。彼女の赤い口紅が塗られた唇は閉じられたままだ。男の世界に口を出すな、の極道の妻たる教えを守っているのかもしれない。

「そうですか、旦那《だんな》様の意識が戻られてよかったですね。今まで諦《あきら》めずに看病した甲斐がありました。お疲れだったでしょう」

氷川が医師の目で気遣うと、佐和はなんとも言いがたい表情を浮かべた。

「お医者さんですなぁ」

「はい、僕は人の命を預かる医師です。尊い命に変わりはありません。平気な顔で堕胎を命じる方は断じて許せない。どうか察してください」

氷川が切実な思いを込めて頭を下げると、加藤は忌々《いまいま》しそうに遮った。

「ああ、ごちゃごちゃうるせぇ。そういうわけで俺が三代目の組長だ。お前の男は俺の舎弟だ。自分の立場を弁《わきま》えろ」

氷川は清和の実父である初代組長とは一面識もないが、橋高が命を捧げただけに、それほど愚かな極道ではないと信じていた。橋高や安部と同じように仁義と義理を重んじ、自分なりの筋を貫き通した極道のはずだ。清和を二代目から下ろすのはべつとして、加藤のような輩《やから》に跡目を譲るとは到底思えない。

噂によれば、加藤の父親は昔気質のいい極道だったという。氷川も知っているが、清和が唱える新しい眞鍋組に馴染《なじ》めなかった古い男だ。橋高や安部も心情的には若い清和より古い加藤の父親のほうに近い。

氷川は常に堂々としている佐和から安部に視線を流した。続いて、険しい面持ちで口を噤《つぐ》んでいる清和を横目で眺める。

確かめるまでもなく、何か裏があるのだろう。おそらく、清和が予想できなかった裏があるに違いない。氷川は臆《おく》せずに加藤を射るように見つめた。

「三代目？　眞鍋の三代目は小物ですか？」

甘い声で痛烈な嫌みを飛ばすと、加藤は日本刀を氷川めがけて振り下ろした。もっとも、最初から威嚇だとわかっている。

予想通り、日本刀は氷川の右肩で止まった。

「清和、この女をちゃんと躾《しつ》けておけ。こんなんじゃ、ホモ相手の売春もさせられねぇ」

加藤が横柄な態度で命じたが、清和は鋭い双眸《そうぼう》で冷たく流した。何を考えているのか、氷川にさえ今の清和の内心は読み取れないが、全身から冷徹な怒気を発しているのはわかった。

「シャブの売買を再開する。清和、キサマはシャブの総元締めをやれ」

覚醒剤をご法度《はっと》にした清和への当てこすりか、加藤は下の下と侮蔑《ぶべつ》される犯罪を担当させる気だ。

「眞鍋を薬屋にするつもりか？」

覚醒剤を取り扱えば台所は潤うが、薬屋と揶揄されれば眞鍋組の金看板は地に堕ちる。

「清和、俺に逆らう気か？」

加藤と清和の間で熾烈《しれつ》な火花が散った。

「眞鍋を薬屋にして、眞鍋の看板に泥を塗る気か？」

「俺に逆らうならそれなりの覚悟はしているな？　腕を斬《き》り落《お》とせ」

加藤は日本刀の切っ先を清和の肩口に押しつけた。もちろん、清和は無表情で微動だにしない。

いったいこの馬鹿《ばか》男《おとこ》は何を言っているのか、氷川は呆然《ぼうぜん》と清和の腕を眺めた。いつも氷川を守ってくれる優しい腕だ。

「腕を斬り落とせ。使えない男はいらねぇ」

人としてあるまじき言葉を聞いても、清和は顔色ひとつ変えなかった。佐和は眉《まゆ》を顰《ひそ》めたが、京子は楽しそうに微笑《ほほえ》んで口を挟んだ。

「三代目、早く斬り落としてしまいなさい」

華やかな京子に惚《ほ》れ込《こ》んでいるのか、加藤は思い切り目尻《めじり》を下げる。嬉々《きき》として清和の頬に日本刀の刃を当てた。

「眞鍋の昇《のぼ》り龍《りゅう》だとかなんだとか言われていい気になりやがって」

覚悟しろ、と加藤は清和の右腕を日本刀で斬り落とそうとした。佐和は辛そうに清和から視線を逸《そ》らしたが、安部は真っ直ぐに氷川を見つめる。

助けておくんなせぇ、俺は口が出せないんでさぁ、と安部が苦しそうな目で訴えてくる。

氷川はどうして安部に呼ばれたのかわかった。そう、本来ならばわざわざ氷川がこの場に呼ばれる必要はないのだ。たぶん、安部が決死の思いで氷川の名を出し、勤務先まで迎えに来たのだろう。

わかった、わかったよ、僕が呼ばれたわけがわかった、安部さん、僕が止めるよ、僕は仁義とか義理とか筋とか関係ないからね、僕の正義は清和くんだ、と氷川は勢い込むと、加藤めがけて鞄《かばん》を投げた。

「……おいっ」

加藤は突如として飛んできた鞄に慌て、日本刀を落としそうになったが、すんでのところで留《とど》まる。

「僕の男に何をするんですか」

氷川は威嚇するように畳を思い切り叩いた。

「女は黙っていろ」

加藤が吐き捨てるように言ったが、氷川はまったく怯まなかった。意識をこちらに向けるように、再び、力の限り畳を叩く。

「よく思い出してください。清和くんが二代目組長に就任したのはお父様の容態が悪化したからです。清和くんは望んで組長になったわけではありません」

かつて清和は進学校に通っていた真面目な優等生だった。義母である典子の自慢の息子だったのだ。なのになぜ、清和が眞鍋組の金看板を背負ったのか、宿命であるとしか言いようがない。

「……あ?」

加藤は話についていけないらしく、惚《ほう》けた顔つきで固まった。

「初代組長の跡目ができたなら、それはそれでよろしい。清和くんは眞鍋組から解放していただきます」

氷川にしろ清和をヤクザから足を洗わせたくてたまらなかった。二代目組長の座から追われる形であっても、清和が極道の世界から逃れられるならばいい。まだまだ若い清和ならばいくらでも明るい未来が開けている。

「なんだと？」

意表を衝《つ》かれたのは加藤だけではなく、佐和や京子も一様に驚いたようだ。清和やリキは鉄仮面を被ったまま、魂のない置物と化している。

ふと氷川は紅梅の襖の向こう側に人の気配を感じた。襖を一枚隔てた向こう側で眞鍋組の男が控えているのだろう。いや、眞鍋組の金バッジをつけていても、加藤の息がかかった男たちに違いない。異変があれば即座に飛び込んでくるはずだ。多勢に無勢、昇り龍も無敵の虎《とら》も太刀打ちできないかもしれない。

「まだわからないのですか？　清和くんは僕が引き取ります。以後、眞鍋にもヤクザにも関わらせません。三代目も清和くんには二度と近寄らないようにしてください」

「ヤクザをやめると？」

氷川の言葉をようやく理解し、加藤はわなわなと手を震わせた。

「もともと、お父様のご事情で極道の世界に入りましたが、橘高典子さんも反対してらっしゃいましたよ」

顧問である橘高がこの場にいないのはおかしいが、わざわざ口に出さないほうがいいかもしれない。橘高がこの場にいれば、清和の代わりに腕を斬り落とされていたかもしれないからだ。

「ヤクザをやめるなら指を詰めろ」

ふっ、と加藤は面白くなさそうに鼻で笑った。

「どうして清和くんが指を詰める必要があるのですか？　もう一度、整理しますが、清和くんは佐和姐さんに頼み込まれて二代目組長に就任しました。貧乏だった眞鍋組を豊かにし、シマも大きくしました。今度は新しい組長が現れたから引退するんです。なぜ、指を詰めなければならないのですか？」

氷川が滔々《とうとう》と清和について語ると、加藤は忌々しそうに本心を吐露した。

「俺が許せないからだ」

父親の死の真相を知っているのか、加藤は復讐心《ふくしゅうしん》に燃えている。妻である京子の存在も清和への対抗心を駆り立てるのだろう。

「そんな筋は通りません。あなたのお父様は一本筋の通った極道だったとお聞きしましたよ。なんの落ち度もない、引退する極道に指を詰めさせたりしなかったはずです」

「俺に筋を通せと言っているんだっ、俺に対する筋だっ、さっさと指を詰めろ、それで許してやるっ」

加藤は聞き分けのない子供のように怒鳴りながら、胸ポケットから出したナイフを清和の顔面に投げつける。

これで指を詰めろ、と命令しているのだ。

清和は自分に投げつけられ、畳に落ちたナイフを一瞥《いちべつ》さえしない。ただ一心に真正面を見つめている。

加藤ひとりでは埒《らち》が明かないと焦《じ》れたのか、京子が清和に向かって高らかに言い放った。

「清和さん、三代目が指で許してくれると仰っているのよ。あなたも男ならば潔く指を詰めなさい。眞鍋の昇り龍と謳《うた》われた男が見苦しいわよ」

京子が尊大な態度で顎をしゃくったが、清和は完全に無視している。華やかな京子の姿を視界にさえ入れたくないようだ。

「眞鍋の昇り龍ともあろう男が自分で指を詰められないの？　他人の手を借りるしかないのかしら？」

パンパンパン、と京子が手を叩くと、紅梅が描かれた襖がすっと開いた。案の定、屈強な男たちが姿を見せる。

「清和さん、怖くて指が詰められないんですって。あなたたち、お手数ですけど手伝ってあげてください」

清和を押さえつけて指を詰めさせろ、という京子の命令に、控えていた男たちが立ち上がった。先頭を切るのは清和が破門にした中年の構成員だ。

「橋高清和、この日を待っていたぜ」

清和が破門にした中年の構成員は、恨み骨髄の心情を吐露する。彼の背後には清和が引退させた東月会《とうげつかい》会長の舎弟が並んでいた。だだっ広い和室は清和に対する復讐心《ふくしゅうしん》を持った男に埋め尽くされる。

「橋高さんも安部さんも三代目組長の忠実な舎弟です。あなたたちも三代目組長の忠実な舎弟である証しを見せてくださいな」

京子の勝利宣言にも似た言葉を遮るように、氷川が大声で言い放った。

「清和くんに指を詰めさせたら、僕が三代目と三代目姐を許しません。医者をみくびらないでくださいね」

清和くんに手を出したら覚悟しなさい、と氷川は挑むような目で京子と加藤を交互に貫いた。

「俺に向かって生意気な……」

怒髪天《どはつてん》を衝いた加藤に日本刀の切っ先を向けられたが、氷川は胸を張って言い返した。

「初代組長はどこにいらっしゃるんですか？　初代組長はむやみやたらに指を詰めさせるような極道ではなかったはずです」

今回、初代組長の意思で眞鍋組は動いているらしいが、肝心の本人の姿はどこにも見当たらない。初代組長の代理とも言うべき佐和がいるだけだ。

「初代組長は関係ねぇ。三代目の俺がいるんだ」

加藤は威嚇するように氷川の前の畳に日本刀を突き刺した。

「二代目の廃嫡《はいちゃく》と三代目就任を勝手に決めたのはどなたですか？　初代組長本人に出てきてもらわなければ話にならない」

「また容態が悪くなったんだ」

加藤が苦しそうに漏らすと、氷川は腰を浮かせかけた。

「僕が診察しましょう。どちらにいらっしゃるのですか」

初代組長と初めて目にした時、佐和に向けられた言葉が耳に残っている。あの状態から意識を取り戻したのならばまさしく奇跡だ。おそらく、夫を愛する佐和の気持ちが天に通じたのだろう。

「ごちゃごちゃうるさいっ、がちゃがちゃ動くなっ。眞鍋のトップは俺だっ。一番偉いのは俺なんだっ。俺の言う通りにすればいいんだよっ」

加藤が大声で怒鳴り散らしたが、氷川も負けてはいない。特権を駆使しようとしてゴネる患者に比べたら可愛いものだ。日々、人間の皮を被《かぶ》ったモンスター患者と伊達《だて》に接しているわけではない。

「僕の大事な男に傷をつけることは許しません。断っておきますが、こんなところはすぐに壊せますよ」

氷川が製造する爆発物の威力を知っているのか、加藤は憎々しげな顔で息を呑《の》んだ。心なしか、京子の顔色も変わる。

「三代目は俺だ。眞鍋のシマは俺のものだ。眞鍋組総本部も眞鍋第一ビルも第二ビルも第三ビルも俺のものだ。眞鍋組名義のマンションも別荘も土地も山もクルーザーも俺のものだぜっ」

加藤は清和が築いた眞鍋組の資産の所有権を荒い口調で主張した。まったくもって見苦しい。

「構いません、清和くんは僕が引き取ります。普通の青年の人生を歩ませますから邪魔しないでください」

よろしいですね、と氷川は上座にいる佐和に視線を流した。佐和とはなさぬ仲だが、清和を実の息子のように思っていたはずだ。何があったのか不明だが、清和の破滅を望んではいないだろう。

佐和は承諾したように大きく頷いた。

初代姐が認めたならば、いくら三代目組長でも反論できない。ただ、京子は恨みがましい目を佐和に向けた。

「リキはおいていけ」

加藤は当然の権利として清和の右腕を要求した。

とりもなおさず、リキが怖くてたまらないからだろう。剣道界で鬼神と称《たた》えられたリキならば、木刀一本で加藤に属する男たちを叩きのめすことさえできるかもしれない。眞鍋組と張り合っていた暴力団を解散に追い込んだ実力は失われてはいないはずだ。

「もともと、リキくんもヤクザになるような男じゃありません。僕が引き取らせていただきます。リキくんがいれば学習塾が開けます。邪魔しないでください」

リキは清和のために生きて清和のために死ぬと公言している。どんな裏があれ、加藤に従ったりはしないだろう。

「……な、なんだと？」

学習塾という言葉に意表を衝かれたのか、加藤は金魚のように口をパクパクさせた。

「清和くんの舎弟をもらわないといけないほど、三代目組長には舎弟がいないんですか？そんなに無力なのに三代目を襲名したんですか？」

氷川がズバリと切り込むと、加藤は怒りで顔を真っ赤にした。

「よ、よ、よくも俺に向かって……」

加藤は怒り心頭といった様子で畳に突き刺した日本刀を手にし、威嚇するように清和の背後の障子《しょうじ》を斬った。切れ味を氷川に見せつけようとしている。

「清和くんの舎弟は若い子ばかりです。まだ子供です。全員、僕が引き取って更生させますから口を出さないでください。二度と眞鍋の敷居はまたがせません。眞鍋組もうちの子に近づかないでくださいね」

　清和が気に入っていた舎弟たちを覚醒剤に関わらせたくはない。十中八九、加藤に虫けら以下の扱いを受けるだろう。

「キサマの腕も斬り落としてやる」

　短絡的というか、無能というか、暴力的というか、加藤は力で押さえつけることしか考えられないようだ。

　加藤は鬼のような形相を浮かべ、氷川の前で仁王立《におうだ》ちになった。手には切れ味抜群の日本刀が鈍く光っている。

「腕を斬り落とされたら仕事ができません。これから僕は清和くんや他の子を養わなきゃいけないので大変なんです。三代目組長もご自分の舎弟をお持ちになり、ご自分の力で新しい眞鍋を作り上げてください」

　氷川は言うだけ言うと立ち上がり、清和とリキの前に進むと、彼らの大きな手をそれぞれ取った。右手に摑んだ清和の手から緊張感が伝わってくる。左手で摑んだリキの手はぞっとするほど冷たかった。

「昇り龍と虎が女に助けてもらうとはな」

　加藤が嘲笑《あざわら》ったので、氷川は呆れ果てた。

「佐和姐さんと京子さんは男ですか？　佐和姐さんと京子さんは女性ですよ？　女に助け

てもらっているのはどなたですか？」

　この場で加藤が初代姐の威光を笠に着て威張りまくっていることは事実だ。察するに、加藤の頭脳は京子である。

「……後悔させてやるからな」

　加藤の顔がますます歪《ゆが》んだが、氷川はにっこりと微笑んだ。

「これで失礼いたします。二度とお目にかかりません」

　氷川は清和とリキの手を引きながら、加藤と京子が並ぶ和室から退出する。長居は無用だ。

　転がっていた氷川の鞄は、冷静沈着なリキが拾い上げた。

「殺せ、殺せ、さっさと殺せっ」

　加藤の罵声が響き渡るが、佐和がドスの利いた声で止めた。

「三代目、引退したカタギに手を出してはならんっ」

「俺は清和の引退を許していない。オヤジを殺したことも許していない。首が駄目なら腕を斬り落としてオヤジの墓前に供える」

「三代目、眞鍋の看板に泥を塗るな。金看板を背負った男はどっしりと構えておるもんじゃ。清和もリキも身を引いてカタギになったんじゃ。眞鍋の男ならそれくらい認めてやらんかい」

佐和や安部に宥《なだ》められたのか、加藤が追ってくる気配はない。刃物を持った男が飛びだしてくる様子もない。

広々とした廊下を進むと、香坂が目前に立《た》ち塞《ふさ》がる。

「氷川の姐さん、俺が眞鍋組の若頭だ。俺のものになったほうがいいぜ？　悪いことは言わないから俺のものになれよ」

やっぱり欲しいな、ヤりてぇ、と香坂は清和やリキには一瞥もくれず、氷川の美貌をうっとりと眺めた。彼が若頭に就任したのならば、眞鍋組の三代目組長に次ぐ権力を握ることになる。

「どきなさい」

氷川は左右の手で清和とリキを摑んだまま、眞鍋組の金バッジを胸につけた香坂を睨み据えた。彼は清和の兵隊ではなく加藤の兵隊だ。

「落ち目の男についてどうするんだ？　昇り龍は死んだ。もう姐さんに酒も飲ませられないし、メシも食わせられねぇぜ」

「いいんですよ。僕が清和くんにごはんを食べさせてあげるから」

香坂はよほど驚いたのか、清和の顔を指で差した。

「なんの力もない男に貢ぐのか？　損じゃないか？　馬鹿らしいだろ？　今時、そんな馬鹿な女はいねぇぜ」

「可愛い男を大事にするだけです。馬鹿にされる謂《いわ》れはありません」

　さっさとどきなさい、と氷川が目を吊《つ》り上《あ》げると、香坂は降参したように右手を軽く振った。

「清和クン、綺麗な姐さんはいずれ俺がもらうぜ」

　香坂は好戦的な目で清和に宣戦布告を叩きつけた。

　清和はポーカーフェイスで流したが、繋《つな》がれている手から怒りを感じ、氷川は足早に立ち去った。あんな連中とは関わらないほうがいい。

　靴を履いていても、玄関を出ても、加藤の舎弟たちの視線が集中する。どこからともなく生卵が飛んできたが、清和が手の甲で受け止めた。もっとも、生卵なのでグチャリと割れる。続いて、リキの肩や背中にも生卵がぶつけられた。

　ぎゃはははっ、と加藤の舎弟たちが腹を抱えて笑っている。不夜城に君臨した龍と虎に生卵をヒットさせた歓喜の声だ。極道というより子供じみたいやがらせである。

　リキと清和はその身で盾となり、氷川を生卵から守った。

「食べ物を粗末にするんじゃありません。卵を粗末にしたら、そのうち卵を食べられなくなりますよ」

　鶏に謝りなさい、と氷川が目を吊り上げて怒ると、加藤の舎弟たちから爆笑が湧《わ》き起《お》こった。かつて清和が破門にした構成員が一際甲高い声で笑う。

「お祝いだっ」

「姐さん、俺たちのお祝いを受け取ってくださいっ」

「鶏が産んだ卵をどこにでも好きなところに入れてくれっ」

注意して見渡せば、清和がご法度《はっと》にしていた覚醒剤に手を出し、破門された構成員が何人もいた。老人相手に小汚い詐欺を働いて、清和に破門された構成員もいる。加藤と京子は清和に恨みを持つ男をひとりずつ拾い上げたのだろうか。

生卵攻撃は沈静化するどころか次から次へと飛んでくる。清和とリキが氷川を庇《かば》い、生卵に塗《まみ》れた。一刻も早く立ち去ったほうがいい。

「清和くん、車で来たの？」

氷川がそっと尋ねると、清和は視線で促した。

生卵を持つ加藤の舎弟たちの前を悠々と進むと、駐車場に清和所有の銀のメルセデスを見つける。

助手席から祐が降り、普段と同じように一礼する。運転席から出た宇治の顔には殴打の跡があり、よく見ればスーツには血が滲《にじ》んでいた。未だにズボンの裾《すそ》からは鮮血が流れている。

「宇治くん？　そのケガはどうしたの？」

氷川が真っ青な顔で駆け寄ると、祐が沈痛な面持ちで口を挟んだ。

「姐さん、今は……」

祐に注意されるまでもなく、今はそういう場合ではない。一刻も早く敵だらけの本家から去ったほうがいいだろう。

氷川はそそくさと広々とした後部座席に乗り込んだ。さすがにここまで生卵は飛んではこない。

清和やリキも乗り込むと、運転席にいる宇治が声をかけた。

「出します」

宇治がハンドルを握る車はあっという間に眞鍋組の本家を後にした。不審車が追跡してくる様子はない。

「いったい何がどうなったの？」

氷川の第一声に対して反応したのは祐だけだった。

「サメを締め上げます」

今回、サメ率いる諜報部隊《ちょうほうぶたい》はなんの予知もできなかったらしい。祐の鬱憤《うっぷん》はサメに向けられていた。

「サメくんに怒っても仕方がないでしょう」

神がかり的なサメの諜報活動も、ここ最近は陰りが見えていた。サメ自身、凄腕《すごうで》の名を欲しいままにしたシャチの抜けたダメージが大きいと、理由を明言していたのだ。

氷川の左右にいる龍と虎はサメをまったく咎めてはいない。ただただ自分自身を責めている。

「サメの怠慢です。加藤のドラ息子が組長を恨んでいたことは周知の事実、京子もマークしていたはずです」

加藤の不肖の息子にしろ京子にしろ、清和に憎悪を抱いていたことは確かだ。特に京子は殺し屋を雇って氷川を始末しようとした。清和を深く愛し、二代目姐になるものだと信じて疑わなかっただけに、憎しみはより強かったのかもしれない。京子が母とも慕う佐和に縋《すが》ることも想定内だ。

「祐くん、もう清和くんは組長じゃないから」

組長と呼ばないでください、清和くんって呼んで、と氷川は歌うように続けた。ハンカチで清和の顔に残る生卵の残骸《ざんがい》を拭《ふ》く。

「姐さん、嬉《うれ》しそうですね」

祐は抑揚のない声で言ったが、怒っている様子はない。

「うん、これで清和くんが狙われることはなくなる。危ないことはもうたくさん」

清和が眞鍋組のトップであるがゆえの激しい戦いが氷川の脳裏を走馬灯のように駆け巡った。チャイニーズ・マフィアとの抗争といい、藤堂組との抗争といい、タイでの訃報《ふほう》騒《さわ》ぎといい、清和がヤクザであったからこそ起こった。本来ならば清和は無償の愛を注いでくれる義父や義母の元で青春を謳歌《おうか》していたはずだ。

「甘いことを仰らないでください。姐さんの大事な清和くんは、生きている限り狙われますよ。姐さんの清和くんはそれだけ価値のある男ですから」

京子に操られている三代目組長の加藤はこのままでは引き下がらない、と祐は冷たい声で続けた。

今回、三代目組長就任のシナリオを書いたのは、加藤でもなければ香坂でもない。三代目姐の座に就いた京子だ。おそらく、初代姐の佐和も京子に操作されている。

祐の意見に清和やリキも同意するが、氷川はまったく意に介さない。もうそんなことはどうでもいいのだ。眞鍋組がどうなろうが、加藤や京子がどうしようが、清和がカタギになればいっさいかまわない。

「もうヤクザじゃないんだよ。ヤクザは引退したんだよ。狙われるなんて冗談じゃない。今日から清和くんはうちの可愛い清和くんです。リキくんと祐くんは一緒に学習塾を開く準備でもして」

リキは国内最高の偏差値を誇る最高学府を卒業しているし、祐は名門と名高い清水谷《しみずたに》学園大学出身だ。学習塾の先生としては申し分ない。

「姐さん、本気ですか？」

ふっ、と祐は鼻で笑ったが、運転席にいる宇治は堪《こら》えきれずに噴きだした。肝心のリキは滝に打たれる修行僧のような顔で黙り込んでいる。

「当たり前でしょう？　リキくんは剣道の先生をしてもいいんだけど、祐くんには無理だからね」

　剣道で有名な高徳護国流《たかとくごこくりゅう》の最強と呼ばれた剣士ならば、いくらでも弟子が集まるに違いない。しかし、スポーツジムのインストラクターに運動を止められた祐には、どだい無理な話だ。

「リキさんが子供相手の学習塾の先生とは無理があります。子供が泣くでしょう」

　祐は馬鹿らしそうに現実を予言したが、氷川は怯んだりはしなかった。学習塾をクマやウサギだらけにしたり、リキにパンダのコスプレをさせる手もある。ネコの耳やクマの耳をつけるのもいいかもしれない。

「そこをなんとかするのが祐くんの役目です。いざとなれば、リキくんにクマやパンダの着ぐるみを着てもらいましょう」

　学習塾の手伝いができないような男は、医療施設の介護スタッフになればいい。どの病院でも人手が足りなくて、スタッフは過労死寸前だ。ハンドルを握っている宇治は、口下手だし愛想もないが、きっと患者に優しいスタッフになるだろう。

「姐さん、テンションの高さが異常です」

　祐に指摘されるまでもなく、氷川は舞い上がっている自分に気づいていた。目の前にかかっていた靄《もや》が一気に晴れた気分だ。

「うん？　僕は嬉しくってたまらないんだ。清和くん、もう一度学校に通ってみるのもいいよ。専門学校もいいかもしれない」

氷川は隣に座っている清和の膝を優しく撫で繰り回した。瞼《まぶた》には学生の清和がキラキラと輝いている。

「……………」

氷川は左に座っているリキの膝もリズミカルに叩く。

「いろいろな夢が広がるね」

氷川は満面の笑みを浮かべたが、左右にいる男たちの表情は厳しい。助手席にいる祐は大きな溜め息をついた。

「姐さん、姐さんのおかげで俺たちは腐らずに生きていけそうです」

祐は携帯電話を弄《いじ》りながら、独り言のように呟いた。

「祐くん？　なんか嫌みっぽいよ」

「嫌みじゃありません。マジに姐さんがいるから俺たちは生きていけるんですよ。野獣にならずにすむ」

祐の言葉に同意するように清和とリキは静かに頷いた。

「野獣？」

「姐さんがいなければ、今夜は血の雨が降ったでしょう」

祐はそれとなく言葉を濁したが、清和と加藤の全面戦争を示唆している。もし、氷川がいなければ、祐は即座に加藤にヒットマンを差し向けていただろう。佐和の目前で命のやりとりをしていたかもしれない。

「戦争なんてする必要はない。僕たちは新しい人生を切り開こう。きっと眞鍋組の看板を下ろしたほうが楽しい。みんないるから大丈夫だよ。次、生卵が飛んできたら上手くキャッチして、ネギを入れた厚焼き玉子を作ろう」

氷川が興奮気味に捲《まく》し立《た》てると、周りの男たちは微《かす》かに口元を緩めた。どの男も氷川の存在に癒《い》やされていることは間違いない。

今現在、氷川は男たちの野獣化を止めるストッパーだった。

# 5

一見、眞鍋《まなべ》組のシマは普段となんら変わらないように見えた。だが、いつも清和《せいわ》の舎弟が立っていた場所には加藤《かとう》の舎弟が立っている。安部《あべ》が可愛《かわい》がっている構成員は泣きそうな顔で一礼した。

清和の初めての女性である志乃《しの》が切り盛りしているクラブ・竜胆《りんどう》が車窓から見えた。加藤の舎弟たちが我が物顔でのさばっていると思ったが、クラブ・竜胆には『CLOSED』のプレートがかかっている。

「清和くん、志乃さんと連絡を取ったの？」

正直に言えば、氷川《ひかわ》にとって志乃は面白くない存在だが、素晴らしい女性なので文句がつけられない。また、清和を無条件で支える数少ない人物のひとりだ。

「メールがあった」

清和の一言で志乃の気持ちがわかった。志乃はどこまでも清和に従うつもりなのかもしれない。

「クラブ・ドームは開いているね」

「ああ」

眞鍋組資本のクラブ・ドームはなんの波風もないかのように営業中だ。日本を代表する大女優によく似たママが、ドアの前で常連客を見送っていた。

敵で埋め尽くされている眞鍋組の総本部には寄らず、清和と氷川が暮らしている眞鍋第三ビルに入る。清和と氷川のプライベートフロアがあるため、眞鍋第三ビルにはまだ帰っても平気だという。

地下の駐車場に加藤の舎弟はいなかったが、駐《と》めていた清和の愛車がすべてなくなっていた。

「車がない？　どうしたの？」

氷川が呆然《ぼうぜん》とした面持ちで尋ねると、祐《たすく》が押し殺したような声で答えた。

「加藤の舎弟が売り飛ばしたんですよ」

加藤の舎弟は持ち主の承諾も得ず、清和所有の高級車を売り飛ばしたという。当然、売り上げは加藤の懐《ふところ》に入る。

清和が株の取引をしていたフロアは、加藤の舎弟によって木《こ》っ端微塵《ぱみじん》に破壊されていた。何台ものデスクトップパソコンの残骸《ざんがい》がやたらと目につく。かつて逼迫《ひっぱく》していた眞鍋組の経済状況を、清和は株の取引で改善した。証券会社並みの設備を破壊して清和の資金源を断ったつもりなのだろうが、これから眞鍋組を切り盛りしていくのならば、このフロアもそのままにして株の売買をすればよかったのにと、氷川は単純に思った。

「馬鹿《ばか》だ」

氷川がポツリと漏らすと、祐も大きく頷《うなず》いた。

「表彰したいぐらい完璧《かんぺき》な大馬鹿者です。大馬鹿者だから京子《きょうこ》の口車に乗ったのでしょう」

「ここは加藤さんに渡すのでしょう？　これからどうするの？　ヤクザを引退するのだから、眞鍋組のシマから遠く離れたところに引っ越さなくてはね」

状況から察すれば、今すぐにでも眞鍋第三ビルを明け渡したほうがいい。

「姐《あね》さんはどちらがいいですか？」

氷川の瞼《まぶた》には真っ先に千晶《ちあき》や千鳥《ちどり》が暮らす小田原《おだわら》が浮かんだ。東京から離れてはいるが、そんなに遠いわけではない。地価もそんなに高くないし、緑は多いし、空気はいいし、食べ物も美味《おい》しい。小田原で千鳥に始めさせた仕事を大きくするのを手伝うのもいい。

「千晶くんや千鳥くんがいる小田原がいい……あ、僕は仕事があるから無理だ。僕は仕事に支障をきたさないところがいいな。当直のバイトでもして日銭を稼ぐから任せて」

小田原から明和《めいわ》病院に通うのは難しいが、東京寄りの小田原近辺に引っ越すのはいいかもしれない。氷川はどこかの救急病院の当直バイトも考えた。

「姐さん、頼もしい限りです……が、当直のバイトはやめてください。姐さんを人質に取られたら、我らが殿は腕を斬《き》り落《お》とす羽目になりかねません」

加藤や京子は難癖をつけ、清和の腕を斬り落としたいらしい。氷川は清和の身体《からだ》を傷つけさせたりはしない。

「ヤクザを引退して無関係のところで生きていきます、って加藤さんと京子さんにわからせないと」

「無駄でしょう」

祐は携帯電話で息のかかった業者に連絡を入れ、清和と氷川が暮らしていた部屋の荷物を搬出させた。

卓《すぐる》や信司《しんじ》といった若手の構成員たちが、眞鍋第三ビルの一室に集まってくる。加藤の舎弟たちとやり合ったのか、それぞれ派手な殴打の跡があった。

「俺たちの気持ちは決まっています。行き先が地獄であっても昇《のぼ》り龍《りゅう》についていきます」

卓が高らかに宣言すると、ほかの男たちもいっせいに頭を下げた。信司は悔しそうに嗚《お》咽《えつ》を漏らしている。

「俺たちも連れていってください」

清和は言うべき言葉が見つからないのか、無用だと思っているのか、一言も口にしようとはしない。ただ、鋭い目でコクリと頷いた。

「お前らの命、もらい受ける」

清和に成り代わり、寡黙なリキが低い声で言い放つ。間髪容《かんはつい》れず、氷川が真っ青な顔で口を挟んだ。

「みんな揃《そろ》ってヤクザは引退です。これからは清く正しく慎ましく生きていきましょう。命のやりとりなんて考えちゃいけません」

氷川が言うや否《いな》や卓は噴きだし、信司は楽しそうに手を叩《たた》いてはしゃいだ。

「はい、俺も姐さんに倣《なら》って清く正しく慎ましく生きます」

摩訶不思議《まかふしぎ》の冠を被《かぶ》る信司が、やけに溌剌《はつらつ》としている。彼ならば千鳥や千晶と対等につきあえるかもしれない。

「うん、君たちは小田原で千鳥くんと一緒に仕事をするのはどうだろう？」

氷川が千鳥の名を出した途端、卓は息を呑《の》んだ。宇治は手で口を押さえたが、信司は屈託のない笑顔で答えた。

「あ、千鳥ちゃんもそんなことを言っていました。みんなで小田原に引っ越してきて、とか？　箱根《はこね》にいい物件がシークレットで売りにだされているそうですよ？」

千鳥らしいというか、すでに甘いおねだりをしているようだ。清和の若い舎弟たちと意気投合したらしい。

「小田原で新居を見つけましょう。箱根でもいい。観光客相手なら箱根のほうがいいのかな？　卓くん、任せたよ」

当者は卓だ。

氷川は白皙《はくせき》の美貌《びぼう》を輝かせて、卓の肩を鼓舞するように叩いた。小田原や箱根ならば担当者は卓だ。

「姐さん、本気ですか?」

卓は今にも倒れそうだが、氷川は気遣ったりはしなかった。

「本気です。クリスマスは君と千鳥くんの結婚パーティをしようと考えています。幸せになりなさい」

氷川が落とした爆弾に、卓は声を失った。

「千鳥ちゃん、結婚式の貸衣装を見繕ってるって聞いたよ。今年のクリスマスは楽しみだな。俺はジュリアスの菜月《なづき》くんと良太《りょうた》くんと一緒に余興を頑張ります」

信司の無邪気な笑顔とは裏腹に、卓は死人のように生気がない。清和やリキは口を挟まず、携帯電話で誰かと連絡を取り合っている。

「ショウくん、加藤さんの舎弟さんとケンカしちゃ駄目だからね? 君が一番危ないんだから……と、ショウくん? ショウくんどこにいるの? 隠れていないで出てきなさい」

絶対にいるものだと思い込んでいたが、鉄砲玉の代名詞と化しているショウの姿が見えない。ショウによく似た背格好の男は何人もいるが、肝心の無鉄砲な韋駄天《いだてん》が見当たらないのだ。

「……ショウは」

卓が辛そうに視線を逸《そ》らし、宇治《うじ》は悔しそうに噛《か》み締《し》める。信司は子供のように唇を尖《とが》らせて床を蹴《け》り飛《と》ばした。

会話を聞いているのか、聞いていないのか、定かではないが、依然として清和やリキは携帯電話で話し中だ。事態の収拾をつけるため、必死になっているのだろう。言わずもがな、決して加藤に握られたくない情報やルートがある。

「ショウは加藤ジュニアの舎弟についたそうです」

祐はショウについて言及すると、花が咲いたように微笑《ほほえ》んだ。背後には冷たい氷柱《つらら》が何本も立っている。

どこからともなくパトカーのサイレンが響いてきた。

「ショウくんが加藤さんの舎弟に？　嘘《うそ》でしょう？」

ショウは清和に命を捧《ささ》げ、今までも数多《あまた》の苦難を乗り越えてきた。清和の驀進《ばくしん》は命知らずのショウに支えられてきた部分も大きい。

「俺も嘘だと思いましたが、ショウは加藤ジュニアの舎弟になったそうです。加藤ジュニア直々《じきじき》に言ってましたし、若頭の香坂《こうさか》や京子姐さん、果ては安部さんまでのたまいました」

加藤の舎弟たちはここぞとばかりに、清和の舎弟たちを煽《あお》ったという。『ショウが加藤組長の男気に惚《ほ》れて盃《さかずき》を受けた。お前も橘高清和《きったかせいわ》なんか見限れ』と。『ショウは言っていたぞ？　サラリーマンになりたくて眞鍋の盃をもらったわけじゃない、とな？　加藤組長の下で男を磨け』とも。『橘高清和に愛想《あいそ》が尽きた、とショウは叫んでいたぞ』とも。『ホモなんて気色悪い、馬鹿にされるだけだ、とショウは罵《ののし》っていたぞ』とも。

ショウらしからぬ暴言の羅列に、清和の舎弟たちはいきりたったそうだ。自然に殴り合いの大乱闘が始まった。

大乱闘を止めたのは、誰もが尊敬する安部だ。いつの間にか、眞鍋組の重鎮も加藤の駒《こま》になっていたのだ。

「……それはショウくんじゃないよ……安部さんが加藤さんに従うなんておかしいよね？　いくら初代姐さんと初代組長の意思でも？」

ショウが清和を見限るはずがないし、安部も清和を見限るはずがない。どちらも呆《あき》れるぐらい真《ま》っ直《す》ぐで融通の利かない男たちだ。

「姐さんもそう思いますか？」

安部を父とも慕う祐は苦笑を漏らして、スーツのポケットからチョコレートを取りだした。もはや祐はチョコレートが好きだった子供ではない。それなのに、安部はいつもポケットにチョコレートを忍ばせ、祐の顔を見れば手渡すのだ。

「うん、安部さんはおかしいし、ショウくんもおかしい。第一、それ、ショウくんが目の前で言ったの？」

氷川が胡乱《うろん》な目で尋ねると、祐は大きな息を吐いた。

「今朝、姐さんを送り届けた後から連絡が取れません。ショウ、どこで何をしているのやら」

予想だにしていなかった事態に、氷川は倒れそうになってしまった。背後から清和の大きな手に支えられる。

「ショウくんに何かあったんだね？　誰かに捕まったとか？　加藤さんの舎弟に監禁されたとか？　監禁するっていってもショウくんなんて監禁できないと思う」

ショウをよく知るがゆえの氷川の意見に、誰も異議を唱えなかった。信司でさえ腕を組んだ体勢でコクコクと相槌《あいづち》を打っている。

「姐さんもそう思いますか？」

祐が肩を竦《すく》めた時、宇治が険しい顔つきで口を挟んだ。

「眞鍋第三ビルの周りは加藤の舎弟たちで埋められました」

性懲《しょうこ》りもなく、加藤は仕掛けようとしているのか。氷川は背筋を凍らせたが、祐は平然とした態度で流した。

「加藤ジュニアの舎弟？　どうせヤンキーを卒業したチンピラばかりだろう」

加藤の舎弟は少年時代からつるんでいた不良仲間が多く、それ相応の名を持つ極道はひとりもいなかった。

「橘高のオヤジの舎弟がいます」

清和の義父であり、眞鍋組の顧問である橘高の舎弟たちも、三代目組長の駒《こま》と化している。もともと、橘高の舎弟は三代目組長である加藤の父親に可愛がられていた男たちだ。

「橘高顧問の舎弟まで？」

祐は思案顔で唸《うな》り、宇治は悔しそうに壁を叩く。

「橘高さんはいったい何をしているの？」

清和の義父がいればこんな事態には陥《おちい》らなかったはずだ。混乱し始めた頭を軽く叩き、氷川は努めて冷静に尋ねた。

「今日、橘高顧問と安部さんは本家に呼びだされてました。たぶん、初代組長の意識が戻ったからでしょう」

初代組長の意識が戻ったのならば、まず真っ先に呼びだされるのは二代目組長であり実子の清和であるべきだ。もっとも、初代組長にしてみれば、最初に呼びだすのは最も頼りにしていた橘高なのかもしれない。

「それから？」

諦《あきら》めていた初代組長の意識が戻り、橘高は涙を流して喜んだに違いない。そして、現在の眞鍋組の状況を説明しただろう。初代組長が不夜城を闊歩《かっぽ》していた時分から様変わりしたのは眞鍋組の内情だけではない。

昔気質《むかしかたぎ》の初代組長は、清和が構築している新しい眞鍋組を評価しなかったのだろうか。

「以後、橘高顧問を見ていません」

眞鍋組本家に橘高は安部とともに赴いたが、それ以来、姿を現していない。

街が黄昏色《たそがれいろ》に染まりだした頃、清和とリキはいきなり本家に呼びだされ、初代姐から加藤の三代目組長襲名の話を聞かされた。

その頃、清和とリキ不在の眞鍋組のシマでは、加藤派と清和派の舎弟たちが殴り合っていたという。

安部は眞鍋本家と眞鍋組総本部を往復した後、氷川を迎えに明和病院に車を走らせたようだ。

氷川が本家に到着した時、清和やリキも状況を満足に把握していなかったらしい。初代姐に対する仁義だけでおとなしくしていた。

「安部さんはいつも橘高さんと一緒だよね？」

清和に対するリキのように、安部は影のように橘高に従っている。けれども、今回、安部はひとりで行動していた。

「はい、安部さんが眞鍋の昇り龍派の男たちを押さえ込んでいます」

加藤に甘んじた構成員たちの中には、今でも清和を支持する男がいる。安部がいなければ、今頃、眞鍋組は真っ二つに割れ、熾烈《しれつ》な戦いを繰り広げていただろう。眞鍋組の重鎮にしてみれば、それだけは回避させたい最悪の事態だ。

「何があったのかな?」

氷川が楚々《そそ》とした美貌を曇らせると、リキが低い声で口を挟んだ。

「まず、眞鍋のシマを出る」

一歩間違えれば共倒れだ、とリキは暗に匂《にお》わせている。確かに、ここで揉《も》めても眞鍋組のためにはならない。それこそ、眞鍋のシマを狙う輩《やから》につけ込まれるだろう。

「そうですね、ここは一旦《いったん》引かないと、六郷会《ろくごうかい》にシマを奪われる。浜松《はままつ》組はさっそく兵隊を送り込んできたそうですから」

祐は迷うことなくリキに賛同し、素早い一時退却を示唆する。何しろ、眞鍋組の三代目組長の船出は大荒れで、早くもほかの暴力団組織が乗り込んできている。チャイニーズ・マフィアやロシアン・マフィアの影もちらついているそうだ。かつて眞鍋組と揉めたタイ・マフィアのルアンガイの本部も不審な動きを見せているという。

「加藤さんに眞鍋のシマが守れるのかな?」

一度、氷川も組長代行として眞鍋組の頂点に立ったからわかるが、不夜城を治めるのは並大抵のことではない。清和は公言していたが、側近たちが優秀だから不夜城を固持できたのだ。

氷川の素朴な疑問を清和は冷徹な目で流したが、祐はしたり顔で答えた。

「姐さん、いいところに気がつきましたね？　だから、安部さんが先頭に立って動いているんですよ」

祐はにっこりと微笑んだが、背後にはドス黒いマグマが溜《た》まっていた。卓や宇治は恐れをなし、美貌の策士のそばから逃げる。

氷川は破壊されたモニター画面の前に立つ清和の腕を取った。今、現在、清和が取るべき行動はひとつしかない。

氷川は清和とともに銀のメルセデスに乗り込んだ。

眞鍋組のシマを出る時、加藤派の舎弟たちが銀のメルセデスに生卵を投げてきた。運転席にいる宇治も助手席の祐も後部座席にいる清和とリキも、誰ひとりとして何も口にしないが、耐えがたき屈辱感に苛《さいな》まれていることは確かだ。

「加藤さんの舎弟さんたちは本当に馬鹿です。食べ物を粗末にしたら目が潰《つぶ》れますよ」

これは養護施設の院長先生の口癖です、と氷川は穏やかな声で続けながら、そっと清和の手を握り締める。

「生卵をこんなことに使ったら、いつか生卵も買えないぐらい貧乏になりますよ。僕たちが悔しがることはありません。加藤さんの舎弟さんは卵の神様から罰を受けます。僕たちがわざわざ罰を与える必要はありません」

氷川が聖母マリアのような微笑で締めくくると、助手席にいた祐が右手をひらひらさせた。

「日本昔話？　グリム童話ですか？」

祐に馬鹿にされている様子はないが、支持されている気配も微塵もない。

「もう、みんな、怒らないでほしい。清和くんにリキくん、祐くんまでいるんだからなんとかなるよ。大丈夫だから心配しないで」

氷川は清和に言い聞かせるように頰《ほお》を紅潮させて言った。とりあえず、愛《いと》しい男が無事で隣にいるからいい。

清和の表情はこれといって変わらないが、必死になって怒りを抑え込んでいることがわかる。

「清和くん、大丈夫だよ。僕たちの未来は明るい。怒る必要も悔やむ必要もない。怒るだけ時間と体力がもったいないからね。ストレスで身体をこわしたら元も子もないよ」

氷川は宥めるように優しく言うと、清和の頰に軽いキスを落とした。

「…………」

氷川の不意打ちのキスにより、清和の怒りのトーンが少しなりとも下がったようだ。今、感情を持て余しても、エネルギーの無駄だと悟ったのかもしれない。

「姐さん、清和坊ちゃまが荒れたらベロチューでもなんでもサービスしてあげてください。任せましたよ」

祐は茶化したように言ったが、清和の気性の激しさは周知の事実だ。爆発した清和を抑え込めるのは氷川しかいない。

「わかった。僕に任せて」

昨夜となんら変わらない夜の静寂の中、氷川と清和を乗せた車は走り続けた。

## 6

目的地は眞鍋《まなべ》組のシマから離れた街に建つビルだ。株式会社ＳＡＫＡＩの看板が掲げられ、明かりが煌々《こうこう》と点灯していた。

まず、最初にリキと祐《たすく》が車から降り、注意深く辺りを窺《うかが》った。周囲に加藤《かとう》の手の者が潜んでいる気配はない。

祐が後部座席のドアを開け、清和《せいわ》と氷川《ひかわ》は車から出た。

ＳＡＫＡＩビルの前では代表取締役の酒井利光《さかいとしみつ》が頭を下げている。そのまま促されて、一階にある事務所に入った。

内部に暴力団を感じさせるものはいっさいなく、どこにでもある普通の事務所だ。カップ焼きそば食いました、美春《みはる》商店の犬に要注意、などホワイトボードに書かれている走り書きの内容が微笑《ほほえ》ましい。

かつて清和は眞鍋組の構成員だった酒井を見込み、資本金とノウハウを与えて会社を起こさせた。大きな利益は出していないが、先の見えない不景気にもかかわらず堅実な商売をしている。

当時は、筋の通ったいい極道をビジネスマンに転向させたものだから、眞鍋組の古参の幹部から大きな反発を食らったという。

「酒井、世話になる」

清和が静かに声をかけると、酒井は悲痛な面持ちで首を振った。

「……こんなことになるとは……残念です」

ちょうど三代目組長である加藤の父親が原因のひとつになり、眞鍋組が真っ二つに割れたことがある。その時、新しい眞鍋組を模索する清和についていけない古い男たちを酒井は一喝した。

『馬鹿野郎《ばかやろう》、今の御時世、ヤクザ稼業だけでどうやって食っていくんだ。二代目は組員とその家族のために会社を起こしたんだ。どうしてそれがわからない。いつまで女に食わせてもらうつもりだっ』

清和を庇《かば》う酒井に対し、三代目組長の父親の舎弟は反論した。

『酒井さん、あんたは立派な極道だったのに、悔しくないのかっ』

生活が安定しなくてもいいから極道でありたい、と願う眞鍋組の構成員は少なくはない。到底、氷川には理解できない精神だ。

『いくら二代目が稼いでも、このまいくと眞鍋は薬屋になるしかない。それとも、路上強盗でもするのか。コンビニ強盗にATM破壊か。眞鍋を犯罪組織にするつもりはない。もう、昔とは違うんだ、よく考えろっ』

眞鍋組を犯罪組織にはしない、という思いを酒井も抱いている。おそらく、三代目が宣言した覚醒剤《かくせいざい》の売買を支持しないだろう。

酒井は清和が心の底から信じられる男のひとりだ。

京子《きょうこ》がどれだけ氷川に憎悪を募らせているか、わざわざ確かめる必要はない。リキがすでに酒井と話をつけたが、氷川の安全のため、当分の間、ＳＡＫＡＩビルに腰を据えることになった。加藤もカタギになった酒井には、そう簡単に手出しはできない。

「ああ」

油断していた、と清和は心の中で悔いているようだが、あえて何も言わないつもりのようだ。口にしなくても酒井ならばすべて汲《く》み取《と》ってくれるだろう。

「気落ちしないでください。まだお若いですし……」

まだまだ若いと誰もが清和を侮ったが、今となっては最大の武器だ。若く雄々しい男はいくらでも人生をやり直せる。

「ああ」

「失礼ですが、お手持ちはいかほどですか？」

逃げるように出てきた清和を気遣い、酒井はまとまった金を用意したようだ。世知辛《せちがら》い世の中、晴れた日に傘を差しだす人物は多いが、雨の日に傘を差しだす者は滅多にいない。

「かまわない」

清和は酒井に金を無心するほど切羽詰まってはいない。その気持ちに深く感謝するのみだ。

「こんな時ですから持っていてください」

酒井は物悲しいぐらい重々しい空気を撒《ま》き散《ち》らし、押しつけるように清和の前に札束を出した。

「酒井？」

酒井の態度に戸惑ったらしく、清和は怪訝《けげん》な表情を浮かべた。

「金はいくらあっても邪魔にはなりません」

酒井が苦悩に満ちた顔で清和の目前に札束を重ねた時、リキは奥に続くドアを見つめてボソリと言った。

「スタッフが残っているのですか？」

氷川はドアの向こう側に人の気配など感じないが、鬼神と称《たた》えられた過去を持つリキは何か察したのかもしれない。

氷川も面識があるが、酒井の下ではリキの影武者をした大前篤行《おおまえあつゆき》が働いている。てっきり大前だと思い、氷川は顔を綻《ほころ》ばせた。

「大前くん？　大前くんかな？」

氷川の甘い声とともに奥に続くドアが乱暴に開いた。

「死ねっ」

ドアから現れたのは大前ではなく、髪の毛を真っ赤に染めた男だ。手にはナイフを持っていた。

咄嗟《とっさ》に清和は氷川を庇い、リキが髪の毛を真っ赤に染めた男のナイフを蹴《け》り飛《と》ばす。間《かん》髪《はつ》を容《い》れず、小刀で清和を狙《ねら》う酒井に飛びかかった。

これらはすべて一瞬のことで、氷川は清和の腕の中で硬直していた。

「どうして酒井さんが……」

祐が唖然《あぜん》とした顔つきで、リキと揉《も》み合《あ》う酒井を見つめる。

いくらリキが無敵の強さを誇っていても、木刀を持っていなければ最強の剣士にはなれない。踏んでいる場数だけなら、酒井のほうが多いだろう。

「眞鍋の虎《とら》、ここら辺で往生してください」

酒井は目にも留まらぬ速さでリキの喉元《のどもと》を小刀で切り裂いた。

いや、切り裂いたかと思ったが、リキは手にしたノートパソコンでガードする。すかさず、左手で摑《つか》んだ電卓を酒井の顔面に投げた。

「俺の死ぬ日を決めるのは昇《のぼ》り龍《りゅう》だ」

酒井が躱《かわ》した電卓がキャビネットのガラスに当たり、耳障《みみざわ》りな音を立てながら破片が飛び散る。

二階から物音がしたと思うと、屈強な男たちがわらわらと下りてきた。一人、二人、三人、四人、五人、六人、七人、八人、九人、十人、と祐は冷静に数えている。眞鍋組の構成員ではないが、加藤の意を受けた男たちであることは間違いない。どの男も手には凶器を持ち、清和に向かってジリジリと距離を詰める。加藤の舎弟たちが現れたのか、窓の外からバイク音が聞こえてきた。

「俺は実戦には不向きです」

祐が右手を軽く上げると、清和が真顔で指示した。

「隠れていろ」

「虎と龍、頑張ってください」

祐はこの上なく優雅に微笑むと、氷川を抱いてパーティションの裏側に隠れた。それから、けたたましい破壊音が響き渡る。プシュー、という血が飛び散る音も微《かす》かに聞こえてきた。

「お前の時代は終わったんだ、さっさとくたばれっ」

「あの世で加藤のオヤジに詫《わ》びを入れろっ」

ガラガラガラガラガッシャーン、とガラスが割れる音に混じり、清和を罵倒《ばとう》する言葉が聞こえてくる。

「お前はもう眞鍋の昇り龍じゃなくてミミズだ。落ち目のキサマについていく男はいねぇ。ショウは三代目組長の犬になった」

「橘高《きったか》のオヤジも三代目組長の舎弟になったんだ。橘高清和は義父にも捨てられたんだぜ」

「ジュリアスのオーナーも三代目の手下だ。京介《きょうすけ》も三代目の手下だ。キサマが頼れる奴はいねぇ……ぐぅぅぅぅっ……殺す気か…………ぐぅぅぅっ……」

甲高い声の持ち主はヒステリックに叫んだが、いきなり苦しそうに呻《うめ》きだした。

「ショウは三代目組長の犬になったぜ。キサマの犬はもういないんだ。次はキサマが三代目組長の犬になる番だ」

ただただ氷川は魂の抜けた人形のように固まっていた。背中に触れる固い壁の感触もパーティションの向こう側の戦いもわからない。

「酒井、苦労をかけたな」

清和の辛《つら》そうな声が聞こえた後、耳障りな物音は止まった。先ほどまでの騒動が夢のように静まり返っている。

「姐《あね》さん、終わったようです。立てますか?」

祐に肩を優しく叩《たた》かれて、氷川はやっと覚醒した。

「清和くん?　清和くんは無事?」

氷川が祐の手を借りてのろのろと立ち上がると、清和がパーティションの向こう側から顔を出した。

「無事だ」

「清和くんっ」

氷川が目を潤ませて抱きつくと、清和は低い声で詫びた。

「すまない」

「ど、どうしてこんなことに？」

ガラスの破片が散らばった床には、スキンヘッドの大男と重なり合うように酒井が倒れていた。ホワイトボードの前ではスタンガンを手にした男が白目を剝《む》いている。開けっぱなしのドアの向こうではプリンター複合機が転倒し、血まみれの男が何人も失神していた。

氷川は生々しい血の匂いに咽《む》せ返《かえ》りそうになる。

「それは後で」

清和に抱えられるようにして、氷川は酒井の事務所を後にした。

氷川を乗せてきた銀のメルセデスの周囲には、数人の男が転がっている。卓《すぐる》が運転していた車の周りでは、熾烈《しれつ》な大乱闘が繰り広げられていた。

宇治《うじ》が全身黒尽くめの男と揉み合い、卓が鉄パイプを振り回し、信司《しんじ》はゴミ箱の中身を投げていた。

「俺が誰だかわかっているのか？」

リキが低い声で威嚇すると、蜘蛛《くも》の子を散らすように逃げていく。氷川がいるので誰も追ったりはしない。

「酒井さんが加藤ジュニア側に回った、ということなのかな？」

祐が秀麗な美貌《びぼう》を曇らせると、清和が鋭い双眸《そうぼう》をさらに鋭くして言った。

「行くぞ」

清和の一言でそれぞれ車に乗り込み、夜の街を走りだした。しかし、行き先が定まらない。

深夜、車道を行き交う車は少なかった。

「酒井が俺を裏切ることはない」

清和が渋面《じゅうめん》で断言すると、リキは淡々とした様子で答えた。

「はい、何かやむにやまれぬ事情があるんでしょう。酒井さんは最初から俺たちを仕留める気はなかったと思います」

清和に差しだした一万円札の束は、酒井の心の底からの忠義だ。酒井は清和を取り巻く状況が厳しいとわかっているのだろう。加藤は眞鍋組名義ばかりか清和名義の資産も取り上げようとした。すでに都内にある清和名義の物件は、加藤の兵隊が勝手に占拠している。

「次は？」

ホテルでも旅館でも、氷川がいなければ、清和はさして場所には拘《こだわ》らない。だが、命に代えても守らねばならない氷川のため、落ち着く場所は選ばなければならない。

「酒井さんに加藤の息がかかっていたら、どの男にも加藤の息がかかっていると考えたほうが賢明です」

リキはいつもと同じ様子で厳しい現実を指摘した。酒井ほどの男が加藤の手に落ちたのならば、ほかの清和派の男たちの現状は容易に推測できる。

「……っ」

清和が思案顔で唸《うな》った時、リキの携帯電話の着信音が鳴り響いた。どうやら、相手は清和の舎弟である吾郎《ごろう》らしい。

「……ああ……わかった」

リキは言葉少なに応対し、携帯電話を切った。

「吾郎が合流します」

吾郎は清和のみならずリキも見込んで取り立てていた若手の構成員だ。今までにも幾度となく清和のために身体《からだ》を張った男であり、加藤の舎弟になるとは思えない。氷川も卓や宇治と同じように吾郎も気に入っている。

リキは宇治にスピードを上げるように指示した。

返事をする宇治の声は普段より明るく、吾郎の名前を聞いて安堵《あんど》した様子が窺《うかが》える。眞鍋組に激震が走った今、吾郎の顔が見えず、密《ひそ》かに案じていたのだろう。

「吾郎？　今までどこにいたんだ？」

清和が静かに尋ねたが、リキは答えられず、助手席にいる祐に声をかけた。

「祐、吾郎は眞鍋の総本部に詰めていたのか？」

いくらリキといえども、毎日、多くの構成員の予定を把握しているわけではない。祐は携帯電話を操作し、チェックして確認したようだ。

「予定では吾郎は総本部に詰めていたはずですが？」

祐が吾郎の予定を口にした時、深夜のサービスエリアが見えてきた。広々とした駐車場には大型トラックがポツンと駐《と》まっているだけで、バイクもなければヤクザ好みの高級車もない。

氷川を乗せたメルセデスの後に、卓が運転する車が続いた。

リキと卓が同時に車から降りると、売店から吾郎が頭を下げながら出てきた。手にした買い物袋からポテトチップスの筒が見えている。

「お疲れ様です」

吾郎が直立不動で頭を下げた瞬間、リキが凄《すさ》まじい勢いで殴り飛ばした。

「俺を誰だと思っているんだ？」
リキの一撃で吾郎は固い地面に倒れ込む。
吾郎くんになんてことをするの、と氷川が車の中からリキを詰《なじ》ろうとしたが、売店から
わらわらと男の集団が飛びだしてきた。
十人、二十人、三十人、四十人以上いるのか、と祐はリキと卓を包囲する男たちの数を
ざっと数える。
あまりの数の多さに、氷川は声を失った。
ヘルメットを被った男がナイフでリキを狙い、ライダースーツ姿の男が青龍刀《せいりゅうとう》を卓に
向けて振り回す。
プシュー、というサイレンサー付きピストルの不気味な音が鳴り響いた。確実に銃口が
向けられている。
プシュー、プシュー、プシュー、とサイレンサー付きピストルの発射音は途切れずに続
く。どんな屈強な男でも銃弾を打ち込まれたら終わりだ。
「リキくん、卓くん、逃げてーっ」
氷川が悲鳴を上げるや否《いな》や、清和は車から降りようとした。
「清和クン、氷川さんチの可愛《かわい》い清和クン、どこに行くんですか？　氷川さんが泣くから
ここでじっとしていなさい」

リキと卓の加勢に向かおうとする清和を、助手席にいる祐が嫌みっぽく止めた。そして、リキや卓に向けて氷川特製の発煙筒を投げた。

「麗《うるわ》しき白百合お手製です。堪能しなさい」

祐の一言でリキと卓は自分の手で口と鼻を塞《ふさ》ぐ。氷川特製の発煙筒の威力を知っているからだ。

発煙筒といっても単なる煙が出るものではない。トウガラシやコショウやショウガなど、命に別状のない刺激物を絶妙に混ぜ込んだ逸品だ。

「ぶわっ、ごほほほっっ」

紅《あか》い煙が上がる中、リキを囲んでいた男たちは一様に咳《せ》き込《こ》んだ。隙《すき》を突いて、リキと卓は車に戻る。

すかさず、宇治はアクセルを踏んで発車させた。

「姐さん特製のブツは威力が違いますね。さすがです」

祐が感嘆したように称賛すると、リキも仏頂面《ぶっちょうづら》で大きく頷いた。剣道の申し子と謳《うた》われた男も、氷川の腕前を認めている。

「いざという時のために作っておいたのが役に立ったね」

氷川が惚《ほう》けたように呟《つぶや》くと、清和はおこもりの修道士のような面相で黙りこくった。ふたりが暮らしていた眞鍋第三ビルの一室で氷川特製の爆発物を見つけ、慌てたのはほかでもない清和である。眞鍋組の総本部にも隠し扉の向こう側に収められていた。

宇治はアクセルを踏み続け、瞬《また》く間《ま》に待ち伏せされたサービスエリアから離れる。後方からは卓がハンドルを握る車が続いた。

車中、誰ひとりとして吾郎を罵《ののし》らない。裏切りたくて裏切ったわけではない、自分の意思で襲ったわけではない、と誰もが吾郎を信じているからだ。一番ビジネスマンに近い祐は冷静に分析した。

「吾郎がお馬鹿な加藤ジュニアの下につくメリットはありません」

吾郎は清和にもリキにも氷川にも気に入られ、何事もなく順調に行けば幹部の椅子《いす》が回ってきたはずだ。第一、吾郎は清和が眞鍋のトップに立ってから盃《さかずき》を受けた子飼いの舎弟である。眞鍋組初代組長にはなんの義理もないし、加藤に靡《なび》く理由はまるでない。何より、吾郎は薬物取引を唾棄《だき》していた。

「ああ」

「今日、橘高さんと安部《あべ》さんが眞鍋の本家に行った車の運転手は誰でしたか？」

安部は悔いても悔やみきれない過去の事故から、決して車の運転はしない。必ず、誰かしら若い構成員にハンドルを握らせた。

「……吾郎かもしれないな」

若い吾郎に経験をつませるため、本家に運転手として連れていった可能性が高い。橘高や安部とともに本家で抑え込まれたのか。

「ジュリアスのオーナーも加藤についたようです」

祐は忌々《いまいま》しそうに言った後、氷川にやんわり注意をした。

「姐さん、そんなことは絶対にないと思いますが、ジュリアスのオーナーや京介にも注意してください」

ジュリアスのオーナーと京介は信用してもいい、とかつての戦いの際、氷川は耳打ちされたことがあったのに。

「ジュリアスのオーナーや京介くんまで？」

生き馬の目を抜く業界で勝ち続けている男と、ホストに収まり切らない実力の持ち主まで、加藤に取り込まれてしまったというのか。

「ジュリアスのオーナーは橘高のオヤジさんのファンです。うちの坊ちゃまのファンではないんですよ」

過去に何があったのか明かされてはいないが、ジュリアスのオーナーは橘高に助けられたらしい。以後、ジュリアスのオーナーは橘高に心酔し、よほどのことがない限り、協力を惜しまない。

もし、清和と橘高が争えば、ジュリアスのオーナーは大恩のある男につく。もっとも、橘高は清和の敵にもならないだろうが。

「裏で大きな何かがあるんだろうね」

氷川が漠然とした不安を吐露した時、祐の携帯電話の着信音が鳴り響いた。どうやら、相手は清和の若い舎弟のひとりらしい。

「…………ああ……全員、無事に逃げられたんだな？　無事に逃げられたのならそれでいい……ああ、ああ、女のところにでもいろ」

祐は携帯電話を切ってから、わざとらしいぐらい大きな溜《た》め息《いき》をついた。

「仁川《にかわ》のところに行かせた春木《はるき》たちが加藤ジュニアの舎弟に襲われましたが逃げました。仁川も加藤についたそうです」

去年、清和は関西の暴力団関係者と揉めていた仁川という男を助け、その実力を見込んで資本金を与えた。仁川とは信頼関係が築かれ、それなりの利益も上げていたのだ。今回、清和についてきた若い舎弟を数人、仁川は快く引き受けてくれたが、無残な結末を迎えることになった。

「仁川まで？」

表情はさして変わらないが、清和はだいぶショックを受けているようだ。氷川はハラハラして、清和の手を優しく握った。

「仁川はヤクザではありません。ヤクザの過去もありませんが……金に弱い男だったから買収されたのかもしれませんね」

祐は酒井のことは心の底から信じていたが、仁川への信用は薄いらしい。冷徹に仁川を切り捨てた。

「買収か」

人の心や正義は金で買えると、清和は誰よりもよく知っている。今まで清和も数多《あまた》の男の心と正義を金で買い上げてきたからだ。もっとも、どんなに金を積んでも手に入れられない心と正義があった。

「サメはどこにいるんでしょう」

祐がヒステリックに叫んだ時、リキの携帯電話が鳴った。こちらも清和の舎弟が加藤派に襲撃された話だ。

「斉藤《さいとう》も裏切ったのか」

リキから報告を受け、清和は凜々《りり》しい眉《まゆ》を顰《ひそ》める。

「加藤ジュニアにも香坂にもこんな業は使えない。京子、やるな」

眞鍋組で一番汚いシナリオを書く祐が、先手を打ち続けている京子を称賛した。次から次へと清和の関係者が落とされ、舎弟たちは身を寄せる場所がない。急場しのぎで恋人を頼らせても、すぐに弊害が出るだろう。

赤信号で停車した時、祐の携帯電話が鳴り響いた。最初、祐は冷静に接していたが、抑え切れない怒気が漏れる。

「……そんな女に未練はないな？　女なんか二度と信用するんじゃない。女は当てにするな……ああ、ああ、ああ……人が多いところでコーヒーでも飲んでろ。メンツにこだわるな。いざとなれば交番の前に座れ」

祐は口惜しそうに携帯電話を切ると、メールの文字を打ちながら言った。

「女は全滅です。加藤ジュニアの兵隊に刺されて壮太《そうた》と純《じゅん》が入院しました。三丁目を任せていた男たちは加藤の盃を受けるそうです」

京子が清和の舎弟たちの彼女を言いくるめたのか、加藤派の兵隊が待ち構えていたという。依然として清和と加藤の舎弟たちの小競り合いは続いている。

清和が不利だと思ったのか、加藤に膝《ひざ》を折った男も何人かいるようだ。言うまでもなく、形勢は圧倒的に加藤に有利だ。

「もう、絶対に裏切らない男……じゃなくて、裏切る頭のない男のところに行こう」

氷川が思いつめた顔で言うと、清和は観念したように頷いた。もちろん、後方からついてきている卓の異議は認めない。

小田原《おだわら》までの車中、清和を支持する男たちの苦戦情報ばかりが届いた。都内にいること自体、危険なのかもしれない。清和名義のビルやマンション、一軒家はすべて加藤の兵隊が押さえている。

深夜、清和は舎弟を分散させて小田原と箱根《はこね》に向かわせた。

「夏彦《なつひこ》たちは米倉慎太郎《よねくらしんたろう》名義の家に行け。桂《かつら》は岩淵壮《いわぶちそう》名義の家に行け」

祐が清和の舎弟に携帯電話で指示を出し、リキが小田原と箱根の情報を集める。もっとも、卓関係である程度の情報は持っていた。

「清和くん、米倉慎太郎名義？　岩淵壮名義？　何？」

氷川が首を傾《かし》げると、清和は視線を逸《そ》らした。

「……戸籍を買った」

清和の言葉は足りないが、組長代行に立った経験からわかる。氷川は納得したように大きく頷《うなず》いた。

「買った戸籍で箱根に家を買ったんだね？」

修羅《しゅら》の世界で生きる男の処世術か、清和は他人名義で貯蓄をし、家を購入している。もちろん、名義人はすでにこの世にはいない。

「ああ」

米倉慎太郎名義で卓が両親から相続するはずの別荘を何軒も購入していた。折を見て、清和は卓に与えるつもりだったのだ。千鳥《ちどり》に与えた小田原のビルは岩淵壮名義で買っていた。

「加藤さん、清和くんのお金のことを知っているかな?」

加藤に清和の隠し財産を押さえられたら身動きが取れない。清和が一般人として生きていく上でも資金は必要だ。まして清和を慕う男たちがいる。

「わからない」

清和は加藤や京子の内情がまったく把握できないらしい。つい先ほど、ようやくサメから連絡が入ったが、諜報部隊《ちょうほうぶたい》も霧の中に迷い込んだ気分だという。おまけに、サメはまだロシアにいる。即急にロシアから帰国するとのことだ。

『……肉のピロシキと野菜のピロシキ? ピロシキはいい……ボルシチもいい……ウオッカも無用……サメ、早く帰ってこい』

リキとの会話から察するに、サメはロシア名物を土産にするつもりらしい。常と変わらず、飄々《ひょうひょう》としているサメに、氷川は変なところで安心してしまった。

「清和くん、典子《のりこ》さんと連絡が取れた?」

氷川は胸に突き刺さっている最大の懸念を口にすると、清和の切れ長の目がどんよりと曇った。

「いや」

清和にとって母親の愛を注いでくれた典子は無二の存在だ。

「典子さんまでいないなんて……まさか、人質に取られたとか？」

典子を人質に取られたら、橘高や安部、吾郎やショウは加藤に膝を屈するしかないだろう。議論するまでもないが、酒井も典子には頭が上がらない。氷川が知る限り、眞鍋の男はみな、典子を母とも姉とも慕っていた。

「それはない」

「どうして？　カタギには手を出さない、っていうヤクザのルールを加藤さんは守るの？　お父様とは違うんでしょう？」

頑《かたく》なに極道の道を守る男がいれば、いとも簡単に極道の道を踏み外す男もいる。その差の大きさは現代の闇《やみ》と混沌《こんとん》を如実《にょじつ》に表しているのかもしれない。

「オフクロは人質にはならない」

清和が苦しそうに言った言葉の意味が、氷川は理解できなかった。

「どういう意味？」

「オフクロとオヤジの間のルールだ。オフクロが人質に取られてもオヤジは気にしない」

気の強い典子らしいというか、姐さんの鑑《かがみ》というか、誰の手に落ちても助ける必要はない、と典子は夫である橘高と約束を交わした。正確に言えば、典子が強引に橘高に押しつけた約束だ。

「……それは」

氷川は言うべき言葉が見つからず、惚けた顔で清和を眺める。息子である清和にしても複雑な心境らしい。けれど、橘高も清和も典子にはてんで敵《かな》わない。

「オフクロはおとなしく人質になっているような女じゃない」

もし、典子が人質になり、橘高の足枷《あしかせ》になると思えば、自ら命を絶つだろう。三代目組長に就任した加藤もそれぐらいはわかっているはずだ。加藤の実母も典子にどこか似た女性である。

「……ん、典子さん」

一向に連絡がつかない典子を案じた時、氷川を乗せた車は小田原の街に入った。千鳥の店や事務所、住居があるビルに到着する。一階で開いている店の名前は愛息子《まなむすこ》の名前を取って『千晶屋《ちあきや》』だ。

千晶《ちあき》と千鳥は深夜にもかかわらず、ビルの前に立っていた。よく見れば、千晶は店名が入った提灯《ちょうちん》を持ち、千鳥の手には装飾品の日本刀が握られている。ふたりの額には日の丸のハチマキが巻かれていた。

「お兄さ〜ん、無事でよかったよう」

氷川が車から降りた途端、千晶は提灯を放り投げて抱きついてくる。よほど心配したのか、千晶のつぶらな目はウサギのように真っ赤だ。日の丸のハチマキが滑稽《こっけい》にもひらひらと風に舞う。

「千晶くん、寒かったでしょう」

氷川は千晶の白い頰や手に触れ、その冷たさに戸惑った。

「もうびっくりしたよ。でも、大丈夫だよ。いざとなったら俺の連れも加勢させるよ。清和兄ちゃんをいじめた奴らをボコボコにしてやる」

何をどのように解釈したのか不明だが、千晶なりに世話になった清和の窮地は理解しているらしい。可憐《かれん》な姿からは想像しにくいが、千晶は不良少年の集団の一員である。ショウや卓たちと小田原城の二の丸広場で大乱闘を繰り広げた記憶はまだ新しい。

「千晶くん、気持ちだけもらっておくから」

氷川は千晶の額に巻かれたハチマキを軽く突《つつ》いた。

「お腹《なか》空いてない？　ポテチもチョコもキャラメルもプリンもういろうも羊羹《ようかん》も饅頭《まんじゅう》もどらやきもあるよ」

氷川は千晶に手を引かれ、ビルの中に入っていく。以前の住まいの汚さが嘘《うそ》のように、綺麗《きれい》に掃除されていた。

「千鳥さん、お世話になります」

清和やリキ、祐が並んで一礼すると、千鳥は装飾用の日本刀をぶんぶん振った。

「ここは大きいお兄さん……えっと清和さんが買ったビルじゃないか。清和さんのビルなんだから好きなだけいてよ……っと、ずっといてよ。お腹は空いていないの？　……あ、卓ーっ」

千鳥は清和の後方に卓を見つけ、満面の笑みを浮かべて飛び跳ねた。

「卓、会いに来てくれたんだねーっ」

逃げるのか、逃げないのか、氷川は千晶に手を引かれながらも卓を見つめる。清和やリキ、祐も無言で注目している。

凄まじい勢いで突進してくる千鳥を、卓は真顔で受け止めた。

「べつに千鳥さんに会いに来たわけじゃねぇんだけどな」

卓の口調はぶっきらぼうだが、健気《けなげ》にもビルの前で待ち続けた千鳥に心が温まったらしい。

「可哀相《かわいそう》にケガをしたんだね？　卓が好きなチーズ入りのかまぼこがあるよ。入って入って入って、おこたでぬくぬくしなよ」

千鳥は卓に抱きついたまま、ぴょんぴょん飛び跳ねる。

「おこた？　千晶がココアを零《こぼ》したおこたか？　カップラーメンもカップうどんも零したよな？」

こたつに思うところがあるらしく、卓の凜々《りり》しい眉が顰《ひそ》められる。千晶のそそっかしさは周知の事実だ。

「昼、俺がカレーを零した」

「お前ら親子は……」

想像を絶する修羅に疲れ果てている今、千鳥や千晶の純粋な笑顔が心地よい。ビルの二階にある住居スペースで、氷川や清和は一息ついた。

広々としたリビングルームには、千鳥の昔の彼女が置いていったぬいぐるみやオルゴールが氾濫《はんらん》しているが、足の踏み場がないわけではない。アロマキャンドルやポプリは白いチェストに置かれていた。

「千晶屋で一番の売り上げと二番の売り上げの商品だよ」

卓や宇治、信司は夕食を摂《と》っていなかったらしく、千鳥がテーブルに並べた小田原名物を物凄《ものすご》いスピードで平らげる。

氷川にしろ清和にしろリキにしろ祐にしろ、夕食を食べる間がなかった。そもそも、空腹を感じる余裕もなかった。

「もうこんな時間じゃ店は閉まっているし、デリバリーも終わっているし……コンビニでも行って何か買ってこようか？」

千鳥が男たちの空腹具合を知り、財布を持って部屋から出ようとした。フットワークが軽い。

「千鳥さん、気持ちだけ受けとっておきます。人気《ひとけ》の少なくなった時間帯に歩かないでください。加藤の兵隊が潜んでいるかもしれません」

祐はかまぼこを摘《つま》みながら、千鳥をやんわりと止めた。神経質になりすぎているかもしれないが、いたるところに加藤の兵隊が忍んでいたことは事実だし、味方が敵に回っている可能性が大きい。義理に厚い酒井と吾郎の襲撃が、悲しくもすべてを物語っている。

「そうなの？　そうなのかな？　そんな悪い奴らは小田原の海に流していいよ。小田原の海はいいよ」

千鳥は右手でパンチを繰りだす真似《まね》をしたが、まったくもってサマになっていない。傍《はた》から見ると踊っているように見える。

「力強いお言葉をありがとう」

嫌みでも皮肉でもなく、祐から自然な微笑と感謝が零れる。

「なんか、作ろうか」

料理が得意ではないと聞いていた千鳥がキッチンに向かったので、氷川はネクタイを緩めて立ち上がった。

「千鳥さん、僕も手伝う」

「冷凍のフライドチキンとハンバーグがあるよ」

千鳥は冷凍庫からいそいそと冷凍食品を取りだした。いやでも、千晶の父親だと実感させられる瞬間だ。

「冷凍食品は身体によくないから控えよう。千晶くんのためにもホームメイドで」

「ホームメイドって何？　メイドさん？」

　お帰りなさい、ご主人様、と千鳥は可愛くメイドさんの仕草をした。似合いすぎて茶化すこともできず、氷川は一瞬黙ってしまう。

「…………ホームメイド、手作りっていう意味です。千晶くんの身体のためにこれからはフライドチキンもハンバーグも手作りにしましょう」

　調理油はオリーブオイルやごま油、ドレッシングにはエキストラバージンオリーブオイルやえごま油や亜麻仁油《あまにゆ》がいいです、と氷川はサラダ油が置かれた棚を覗《のぞ》きながらレクチャーする。

「手作りがいいのか」

　案の定、千鳥は何も知らないらしく、きょとんとした顔で真っ赤なトマトを持っている。

「卓くんの嫁になるのならば、卓くんに冷凍食品やレトルト食品なんて食べさせないでください。健康に悪いです」

　卓の名前を出すと、千鳥はフライパンを手に俄然《がぜん》張り切りだした。

「俺、頑張るぜ」

　千鳥はフライパンを振り回してから、水道水を勢いよく入れた。そこに、真っ赤なトマトをぶち込む。続いて、キュウリとバナナも入れる。

「……千鳥さん、フライパンでトマトとキュウリとバナナを茹《ゆ》でるの？　何を作る気？」

「何かできると思うんだ」

フライパンで野菜と果物を茹でる千鳥には、清廉な気品が満ちていた。己の行動になんの疑問も抱いてはいない。

「……千鳥さん、花嫁修業をしよう。このままじゃ卓くんが死んじゃう……うん、今まで千晶くんの食事はどうしてたの？」

「千晶はポテチが好き」

千鳥が一人息子の好物を把握しているからといって、いい父親だとは百億円積まれても言えない。

「千晶くんにポテトチップスを食べさせてはいけません」

「卓もよくそう言う」

千鳥と氷川がキッチンに立ち、人数分の軽い食事を作った。テーブルには地酒とビールも用意される。

清和やリキ、祐たちは付近の地理に詳しい卓の意見を聞きつつ、真剣な顔で今後について話し合った。

地酒をしこたま飲んだ信司が床で寝てしまう。

氷川と清和は六畳の和室に通され、ふたつ並べた布団に横たわる。床《とこ》の間《ま》には装飾用の日本刀とともにペンギンのぬいぐるみやアロマキャンドルが置かれていた。どんな意図が込められているのか、氷川の枕元《まくらもと》にはウサギのぬいぐるみがある。

千晶らしいというか、千鳥らしいというか、氷川の頬が自然に緩んだ。静かに天井の照明を消す。

氷川は清和の隣に横たわり、優しい声音《こわね》で就寝の挨拶《あいさつ》をした。

「清和くん、おやすみなさい」

「…………先生、すまない」

就寝の挨拶が返されると思ったが、清和から辛そうに詫びられ、氷川は花が咲いたように笑った。

「清和くん、何も心配しなくていいよ。僕がついているからね」

清和が謝罪する必要はまったくない。氷川は横で寝ている愛《いと》しい男にぴったりと身体を密着させた。

「…………」

「僕が頑張るから大丈夫だよ」

先ほど千鳥と仕事の話をして、確かな手ごたえを感じたばかりだ。みんなで力を合わせれば、絶対に成功するだろう。清和を慕う男たちの生活費ぐらい、きっちり捻出《ねんしゅつ》してみせる。それこそ、清和のみならず卓も学校に通わせてみせる。

「…………」

「大丈夫、清和くん、大丈夫だよ。もう諒《りょう》兄ちゃんは中学生でもないし高校生でもないからね。諒兄ちゃんは三十前のおじさんだからね」

ふふふふふっ、と氷川は楽しそうに清和の耳元で笑った。昔、幼い清和を守れずに歯痒《はがゆ》い思いをしたが、医師となった今は違う。

「…………」

「清和くんの昔の彼女みたいに若くないけど、三十前にもなるといろいろと楽になるんだよ。清和くんの立派な保護者になれるんだ。僕、おじさんになってよかった」

清和が実母のヒモに殴られても、雪が降る夜にアパートから追いだされても、氷川は助けることができなかった。ただ、清和を抱き締めて泣くだけだった。

「……嬉《うれ》しそうだな」

清和はなんとも形容しがたい表情で引き気味にポツリと漏らした。

「清和くんが僕だけの普通の清和くんになったから」

清和が可愛くてたまらなくなり、氷川はシャープな顎《あご》や頬、鼻先にキスの嵐《あらし》をお見舞いした。チュッチュッチュッ、と軽快な音を立てる。

「…………」

「可愛い、もうどうしようもなく可愛い。クリスマスには大きなケーキを買ってあげるから楽しみにしていてね」

氷川は清和の唇にキスを落とした後、分厚い胸に頬を乗せた。力強い心臓の鼓動が心地よい。

「………」

「諒兄ちゃんは清和くんがいるだけで幸せだよ」

「……俺も、だ」

清和は照れくさそうに視線を逸らして答えた。十歳下の男にとっても最高の幸せは氷川の存在だ。

「諒兄ちゃんがいるのにどうしてそんな辛そうな顔をするの？」

氷川は逞《たくま》しい身体に上体を乗せ、清和の精悍《せいかん》な顔を覗き込んだ。

「苦労をかけたくなかった」

清和から並々ならぬ後悔を感じ、氷川は目をうるりと潤ませた。

「清和くんがそばにいてくれたら、苦労なんて何もないよ。もっと甘えてごらん」

泣き言ひとつ口にせず、苛烈《かれつ》な世界で戦ってきた男の我慢強さが切ない。こんな時ぐらい甘えてほしかった。

もっとも、年下の男にはそれ相応のプライドがあるようだが。

「………」

「昔みたいに僕に甘えて」

体格的に考えて清和を膝に乗せてあやすことはできないが、心情的にはそれをやりたいぐらいだった。

「…………」

「諒兄ちゃん、って呼んでごらん」

明日の土曜日、氷川は久しぶりに何もない休日だ。担当患者の容態が急変しない限り、病院から呼びだされたりはしないだろう。清和と心置きなくゆっくりするのもいい。

懸念はいくつもあるが、あえて脳の片隅に追いやる。今までの凄絶《せいぜつ》な騒動が夢のように、小田原の夜は何事もなく静かに更けていった。

# 7

翌朝、氷川《ひかわ》は誰よりも早く起きて、キッチンに立って朝食を作った。物置部屋と化している洋間で雑魚寝《ざこね》していた宇治《うじ》や信司《しんじ》がのろのろと起きてくる。

「姐《あね》さん、おはようございます」

「おはようございます」

昨夜《ゆうべ》の疲れが溜《た》まっているのか、誰もがまだ眠そうだ。信司はイルカとアザラシのぬいぐるみにも朝の挨拶《あいさつ》をしている。

カオス一歩手前の千鳥《ちどり》の部屋では、卓《すぐる》が可憐《かれん》な父と子に両脇《りょうわき》から抱きつかれ、苦しそうに唸《うな》っていた。

氷川はフライパンをお玉で叩《たた》き、けたたましい音を立てる。

「朝だよ、さっさと起きてごはんを食べて。お店を開けなさい。今日は土曜日だよ。入れ時でしょう」

氷川渾身《こんしん》の目覚まし時計に、千鳥と卓は反応した。

「お爺《じい》ちゃんやお婆《ばあ》ちゃんはなんかとっても朝が早いんだ。シャッターだけでも開けていたほうがいい」

千鳥は布団から飛び起きると、パジャマのままで部屋から出ていった。そのまま一階に下り、千晶屋《ちあきや》のシャッターを開けるのだろう。まだ薄暗いが、看板を店の前に出しておけば、通りがかった者は足を止める。声をかけられたら顔を出せばいい。

「千晶《ちあき》、千晶、おい、放せ、起きるぞ」

卓はコアラのように張りついている千晶を引きはがし、布団からのっそりと立ち上がった。健康な若い男の証明か、加藤《かとう》の舎弟から負わされた顔の傷は一晩でだいぶよくなっている。氷川はパジャマ代わりのシャツの裾《すそ》をめくり、背中に残る殴打の跡も確認した。OKを出してから千晶に視線を流す。

「千晶くん、ごはんだよ。お父さんのお店を手伝うんでしょう？　お店の名前は誰の名前なの？」

フライパンをお玉で軽快に叩くと、ようやく千晶がのそのそと起きだした。

「……うん、おはよう。俺も父ちゃんの仕事を手伝う。見張っていないとまた変なのにひっかかって騙《だま》される」

千晶はパジャマのままで氷川に続き、リビングルームにあるテーブルに着いた。すでに清和《せいわ》やリキ、宇治といった面々は揃《そろ》っている。信司は千鳥から借りたエプロンを身につけ、いそいそと人数分の味噌汁《みそしる》を椀《わん》やマグカップによそっていた。

「いただきます」

全員、いっせいに食べ始める。

「みんなで食べるの楽しいね」

千晶は満面の笑みを浮かべ、厚焼き卵を箸《はし》で突《つつ》いた。

「そうだね、みんなで食べると美味《おい》しいね」

氷川が聖母マリアの如《ごと》き微笑で応《こた》えると、卓や宇治の目が優しくなる。清和の表情はこれといって変わらないが、同じ気持ちを抱いているのだろう。

「昨日、話し合っていたけど、セルフサービスのカフェも併設するの？」

一階にある千晶屋は新しい展開をする余地がある。千鳥がチェーン展開しているカフェに勤めていた時、上司に乞《こ》われて衛生管理者の資格を取得したという。千鳥の資格取得は奇跡としか言いようがない。

「千鳥くんがそういう資格を持っていたなら活用しない手はないんだよ。人手はあるからね……と祐《たすく》くんは？」

氷川はテーブルについた男たちのムサ苦しさに気づいた。大学生風の卓ならまだしも、体格がよくて迫力のある清和やリキが並べばそれだけで重圧感が凄《すご》い。宇治《うじ》が加わればさらに空気が重々しくなる。

しかし、この中にタレントのようなルックスの祐がいれば緩和される。信司だけでは足りない。

「祐のことは気にせずに」

リキは茶碗《ちゃわん》に手を添えたまま、抑揚のない声で答えた。

スマートな策士は何か画策しているのかもしれない。彼は加藤と京子《きょうこ》に屈服してはいないし、顎《あご》で使われる安部《あべ》が哀れで見ていられないのだろう。

「祐くんもうろちょろせずに千晶屋のビジネスに集中してほしい。こういうのはきっと祐くんのほうが得意だと思う」

氷川が皿に盛った小田原《おだわら》名物のかまぼこを凝視すると、卓が躊躇《ためら》いがちに口を挟んだ。

「姐さん、そんなに勢い込まないでください。小田原も箱根《はこね》も不景気の打撃を受けて苦戦しているんです。観光客を呼び込もうにも人自体、少なくなっていますから」

小田原にしろ箱根にしろ、不景気と少子化の波でビジネスの先が見えている。卓はどこぞの経済学者のように切々と説いた。

「卓くん、無能な男の言い訳を口にしてはいけません。卓くんと清和くんはこれから学校に行き直し、勉学に励むように」

「……は？　学校」

ぶっ、と宇治は味噌汁を噴きだし、無残にも信司の顔を濡《ぬ》らした。千晶は朗らかな笑い声を立てたが、清和はしかめっ面《つら》でソーセージを咀嚼《そしゃく》している。

「君も清和くんも人生をやり直しましょう。僕が保護者になるから安心しなさい。奨学金を申請する必要もありません」

「あ、あ、あ、姐さん……俺は学校に行く気なんてないし……」

旧家の子息は眞鍋組にしっくり馴染《なじ》み、学生に戻る気はさらさらない。ただ、命を捧《ささ》げた清和につき従うだけだ。

「卓くん、清和くんと一緒に学校に行きましょう。きっと新しい道が開けますよ。お父様と同じように書道家でも目指してみる？」

組長代行に立った時にさまざまな書類や文書に目を通したが、とても綺麗《きれい》な字の持ち主がいた。言わずもがな、その字の持ち主は書道家を父親に持つ卓だ。

「書道家？　書道家でメシは食えません。俺をヒモにするつもりですか？」

卓は亡父を思い出したのか、苦笑いを浮かべて首を振る。亡父は書道で生活費を稼ぐ必要はなかった。

「卓くんがヒモ？　千鳥くんのヒモになればいい。きっと千鳥くんは卓くんのために頑張ってくれるよ」

ヒモなんて言葉を聞いても、氷川の気持ちは変わらない。たぶん、千鳥も嬉々《きき》として励むだろう。

「……姐さん？」

卓は自分を落ち着かせるように、目の前に並んだ紅白のかまぼこを口に放り込んだ。

「あ、卓くん、書道は何級？　子供の頃から書道を嗜《たしな》んでいるなら段持ちかな？　リキくんや祐くんの学習塾と併設して卓くんが書道教室を開けばいい。うん、そうしよう」

　氷川の前には明るい未来しかなく、眩《まばゆ》い光に包まれている。脳裏で卓を習字の先生にすることは千晶に英単語を教えるより簡単だ。

「……は？」

「小田原城の近くに学校があったよね？　確か、塾も見かけた。小田原に子供がいないわけじゃないんだから上手《うま》くいけば……」

　木枯らしが吹く小田原の朝、そこは使命感に燃える氷川の独擅場《どくせんじょう》だった。誰ひとりとして異論を唱えられない。

　そうこうしているうちに、一階の千晶屋に人が立ち寄りだした。ここぞとばかりに、千鳥は花のような姿で愛想《あいそ》を振りまく。

「いらっしゃい、小田原にようこそいらっしゃいました。小田原も寂しくなっていくばかりなので皆さんが来てくれて嬉《うれ》しいです。どちらからいらしたんですか？」

　千鳥の軽快なトークに観光客は顔を綻《ほころ》ばせた。

「埼玉《さいたま》の浦和《うらわ》から来ましたのよ」

「浦和？　サッカーの町ですね？」

「まぁまぁ、サッカーの町？　そういうイメージがあるのかしら」

不思議な連鎖反応というか、ひとり入店すると、次から次へと立て続けに客が入ってくる。いつしか、店内は観光客でいっぱいになった。

千晶は卓や信司、逞《たくま》しい宇治にまでハッピを着せると、軽い足取りで一階に下りる。可《か》愛《わい》い千晶は屈託のない笑顔で老人の団体客を引き寄せた。

「テレビに出とう可愛い女の子がおる」

杖《つえ》をついた老人がまじまじと千晶を眺めて言った。

「お爺ちゃん、俺は男だよ」

子供の頃から言われているので慣れているが、千晶は小田原のグルメマップをひらひらさせて否定した。

「男？　女の子じゃろうが。年寄りだと思って騙せると思うなよ」

「本当に男だよ。チンコ見せるし」

千晶がズボンのファスナーに手をかけると、杖をついた老人はのけぞった。

「おお？　チンコがついとんのか？」

「お爺ちゃん、老眼鏡がなくても見えるの？　ちゃんと見ろよ」

千晶が男の証明をしようとすると、慌てて卓が止めた。店内をストリップ劇場にするわけにはいかない。もっとも、店内は爆笑の渦に巻き込まれ、通りすがりの観光客を新たに引き寄せた。

氷川は朝食の後片づけをした後、溜まっている洗濯物に着手した。渋面《じゅうめん》の清和が黙々とタオルを洗濯機に入れる。

氷川がトイレ掃除をしている間、清和がリビングルームに掃除機をかけた。とてもじゃないが、不夜城に君臨した昇《のぼ》り龍《りゅう》の姿ではない。

「清和くん、いい子だね。綺麗になったよ」

氷川はリビングルームの掃除機をかけ終えた清和の頬を優しく撫《な》でた。もうヤクザじゃないんだよ、と氷川は加藤と京子に言いたくなる。

「………」

「次は和室をお願い」

氷川の指示通り、清和はしかめっ面で和室に掃除機をかける。姉さん女房の尻《しり》に敷かれる亭主そのものだ。

「千鳥さんと千晶くん、窓を全然拭《ふ》いていないのかな？　清和くん、リビングと和室の窓を拭いてくれるかな」

氷川は清和と場所を分担し、窓をせっせと拭いた。

リキは二階で伝票整理をしている。祐から連絡が入ったらしいが、これといった進展はないようだ。

氷川の携帯電話には迷惑メール以外は何もない。

午後の一時を過ぎてから、一階の店に立っていた男たちが交替で休憩を取る。一番バッターは頬を紅潮させた千晶だ。氷川は冷蔵庫の食材で作ったピラフとスープをテーブルに並べた。

「今日はいつもよりお客さんが多い。俺の念力が効いたのかな？」

千晶はスプーンを手にしたまま興奮気味に語った。

「客寄せの念力？」

「うん、たくさんお客さんが来るように風魔小太郎《ふうまこたろう》に頼んだんだ」

千晶の頭の中の花畑があらぬ方向に向かったようだが、それについては深く考えない。千晶は氷川が作った昼食を掻《か》き込《こ》むように平らげ、デザートにオレンジ風味のチョコレートを摘《つま》むと、一階に駆け下りていった。計っていたわけではないが、十分もかかっていないだろう。千晶とは思えない素早さだ。

千晶と入れ替わりでジーンズ姿の卓が現れた。

「今日、どこかで何かあるんですね？　人が多いです」

慣れない客商売で神経を擦り減らしたのか、卓の呼吸は乱れ、そんな季節ではないのに額から汗が噴きでていた。

「どこでも閑古鳥が鳴いているのによかったね」

逸話の多い温泉街や有名な観光地でさえ苦戦を強いられ、衰退の一途を辿《たど》っているという。無残にも、土産物屋や物産店はドミノ倒しの如く店じまいだ。ご多分に漏れず、小田原でも箱根でも景気のいい話はまったく聞かない。

「はい、この分だとカフェを併設してもいけるかもしれません」

カフェを併設したほうがいいかもしれない、と卓は踏んでいるようだ。カフェの相乗効果で客足が伸びる可能性が高い。

「箱根でいい物件が売りに出されているんでしょう？　僕が資金を出すから、千晶屋の二号店でも出してみる？」

卓の親戚《しんせき》にはホテルや旅館を経営している者がいて、自ずとそちらのノウハウを身につけている。おそらく、卓はその気になればビジネスセンスを発揮するだろう。

「これ以上、千鳥さんには無理です。二店舗も見られない」

「卓くん、君が書道教室を開きながら、二店舗チェックすればいいんだよ。箱根には女装していけばいいんだし」

氷川が断定口調で言うと、卓はピラフを口から零《こぼ》した。それでも、氷川が口にした未来予想図について反論しない。

そうこうしている間に、全員、無事に昼食を摂った。なんだかんだ言いつつ、誰もが順応している。

「僕、買いだしに行ってくる」

氷川は冷蔵庫の中身を確認してから、財布と千鳥愛用のショッピングバッグを手にした。

「待て」

ひとりで出歩くな、と清和の鋭い目は雄弁に語っている。

「加藤さんの舎弟がどこかに隠れているの？」

京子に誰が一番恨まれているか、氷川自身、いやというほどわかっていた。自分が狙《ねら》われるのならばまだマシだ。

「わからない」

加藤の舎弟が観光客に紛れ込んでも、そうそう気づかないだろう。

「箱根にいる清和くんの舎弟さんたちは？」

今のところ、箱根に逃げ込んだ清和の舎弟たちから異変の知らせは届いていない。卓のアドバイスに従い、目立たないように過ごしているらしい。

「無事だ」

「僕たちはカタギになりました、っていう姿勢を見せたほうがよくない？　清和くんはヤクザを引退したんだよ」

氷川が真面目《まじめ》な顔で言うと、清和は静かに頷いた。

「俺も行く」

ひとりで氷川を歩かせたくないらしく、清和は険しい顔つきで後に続いた。

「加藤さんの舎弟が現れたら、清和くんは相手をせずに逃げるんだよ。僕がすぐに警察を呼ぶからね」

清和は不服そうに押し黙ったが、氷川は何がなんでも守らせるつもりだ。普通の男はどういうものか、理解するまで教え込む。

氷川が清和と買い物に出ると、いつもと同じようにリキが後ろからついてくる。一定の距離は決して縮まらない。

「清和くん、これからは節約しようね。小田原だし、お肉よりお魚だ。東京とは鮮度が違うね」

氷川が鮮度のいい魚に感心すると、清和は切れ長の目を細めた。

「清和くん、お米が安い。大の男が何人もいるんだから、きっとお米がすぐになくなるよ……重いからリキくんにも持ってもらおうね。リキくん、そんなところでカッコつけていないでこっちに来て」

清和のみならずリキにも食材を持たせ、氷川は足早に先頭を切った。小田原の不良少年は目につくが、加藤の舎弟らしき男はどこにも見当たらない。

「清和くん、リキくん、ヤンキーと目を合わせちゃ駄目だよ」

氷川がわざわざ注意しなくても、清和とリキは真っ直《ます》ぐ前を向いている。路上で煙草《たばこ》を吸う不良少年は視界にさえ入れない。

氷川はドラッグストアの前で足を止め、トイレ掃除用と風呂掃除用《ふろそうじよう》の液体洗剤を手に取った。重曹やクエン酸、スポンジも購入する。

ドラッグストアを出た後、氷川は男性向けの衣料品店に入っていった。何を着せても清和とリキから迫力が消えない。だが、もう少し努力したら、尋常ならざる迫力も薄れるかもしれない。

「清和くん、リキくん、こっちに来て」

清和は左右の手に買い物袋を提げ、リキは二十キロの米を持ち、それぞれ鉄仮面を被《かぶ》ったまま氷川に続く。

「清和くんはクマさんにしよう。リキくんはゾウさんだ」

氷川は清和にクマをモチーフに使ったパステル調のグリーンのトレーナーを見立てた。リキにはゾウをモチーフに使ったベビーブルーのトレーナーだ。

清和とリキは氷川が持っているトレーナーに絶句した。特に清和の目は宙にふわふわ浮いたままで戻らない。

「清和くんとリキくんは迫力がありすぎて怖いからね。可愛い服でも着たら、ちょっとは迫力が抑えられると思うんだ」

氷川は目をらんらんと輝かせたが、清和とリキは硬直したままだ。衝撃が大きすぎて、なんの言葉も返せないらしい。

「……あ、オレンジもいい。オレンジって可愛いし、明るいし、清和くんとリキくんの迫力隠しにぴったりだよ」

氷川はふたり分のオレンジ色のパーカやセーターをショッピングカゴに入れた。ついでに清和とリキに持たせるオレンジ色のハンドタオルやハンカチの購入も決める。靴下や帽子もパジャマもオレンジ色だ。

今朝、千晶と千鳥はパステル系のオレンジのセーターを着ていたが、とてもよく似合っていた。

「清和くん、黒のスーツはもうやめようね。よく似合うけど怖すぎるから駄目だよ」

いったい誰が着るんだ、と清和の目はオレンジ色の衣服について語っている。どうやら、声が出ないらしい。

「オレンジ色がいやなの？　うん、そりゃ、ピンクのほうが可愛いと思うんだけど、さすがに清和くんとリキくんにピンクは似合わないと思うんだ。千晶くんや千鳥さんにはとてもよく似合うけどね」

オレンジかピンクか、清和は究極の選択に息を呑《の》んだ。リキは米を持ち、後方に避難している。

「清和くん、オレンジでいいね？」

KUMAKING
PAOSOIRE

氷川は観音菩薩《かんのんぼさつ》のような笑顔で押し切ると、オレンジ色の衣類を購入した。一刻も早く清和に着せたい。

「千晶くんのデザートにオレンジケーキでも作ろうか。オレンジゼリーでもいいかな」

オレンジに心が軽くなっているからか、氷川はフルーツショップに足を止める。ちょうど、オレンジがカゴに盛られているのだ。

清和とリキはオレンジに目もくれず、苦行僧の如き様子で立っている。行き交う人々は迫力がある長身の二人組に驚いているようだ。

氷川はオレンジを買うと、千晶屋があるビルに向かって歩きだした。城下町にクリスマスカラーは不思議な感覚だが、そんなに滑稽《こっけい》ではない。和と洋が絶妙にマッチしているのだ。

物産店の前に飾られたクリスマスツリーとサンタクロースに、氷川は祝福されているような気がした。

「清和くん、人生って楽しいね」

なんの前触れもなく突然、氷川は人生について言及した。

「……ああ」

オレンジ攻撃に参っていたものの、清和はくぐもった声で言葉を返す。リキは決して口を挟もうとはしない。

「もう刺青《いれずみ》なんていらないから、さっさと消してしまおうね」

　明るい人生に影を成すものは抹消したほうがいい。氷川が極道の証《あか》しについて言った途端、清和の鋭い目に暗い影が走った。

「…………」

「普通の男の子は刺青なんて背負っていてはいけません。僕がオペできたらいいんだけどね……僕にできるかな……うん……」

　氷川は真剣に悩みながら、黄昏色《たそがれいろ》に染まった街を進む。

　清和やリキは背中の彫り物を消すつもりはないらしいが、一般社会で生きていくには無用の長物でしかない。

「生き方を変えようね」

　氷川が明るい声で言った時、千晶屋の看板が見えた。周囲に不審な人物はひとりも見当たらない。

　いつの間にか日は暮れ、一階の千晶屋を閉める。最高の売り上げを叩きだしたと、千鳥と千晶は手を合わせて喜んだ。

「慣れないことをした」

　生真面目《きまじめ》な宇治はぐったりとしているが、信司は楽しそうにはしゃいでいる。卓は真剣な顔で商品の注文をかけた。

氷川の手料理がテーブルに並ぶと、千晶や千鳥から歓喜の声が上がる。信司が神業《かみわざ》のようなスピードで地酒を開けた。

祐は一度も顔を見せないが、誰もそれについては口にしない。懸念も問題も山積みだが、氷川は言いようのない幸福感に酔いしれていた。

節約をモットーに、氷川は清和と一緒に風呂に入る。

「清和くん、ばんざいして……はい、おりこうさん、いい子だね、昔みたいに動かないね、綺麗になったよ」

風呂上がりの清和にオレンジのパジャマを着せたら、さらに幸福感が増した。似合わないけれども可愛い。

「清和くん、可愛い……似合わないけど可愛いから自信を持って」

氷川はうっとりしたが、清和は慄《おのの》いて下肢を揺らした。一歩間違えれば、バランスを崩して転倒していただろう。

「…………」

「明日は箱根の物件を見に行こうね」

氷川が明日の予定を口にした時、パジャマ姿の千鳥がひょっこりと顔を出した。背後には思案顔の卓がいる。

「今日の夕方ぐらいだったかな？　氷川諒一《りょういち》様宛《あて》の荷物が届いていたんだけど忘れてた

の」

千鳥が縦に長い箱を氷川に差しだした。見ようによっては、花束の箱に見えないこともない。以前、キザな先輩医師から赤い薔薇《ばら》をもらった時の箱によく似ている。

「荷物？　誰から？」

氷川は怪訝《けげん》な顔で縦に長い箱に貼《は》られている宅配便会社の伝票を見た。差出人には清和の義母である典子《のりこ》の名前が記されている。

「典子さん？　連絡が取《と》れたの？」

氷川は箱の包装を解きながら、傍《かたわ》らにいる清和に尋ねた。

「待て」

清和が血相を変え、氷川の白い手を止める。

「清和くん、どうしたの？」

氷川が目を丸くすると、清和は真剣な顔で顎をしゃくった。

「出ていけ」

どうやら、清和は典子から送られた荷物に問題があると感じているらしい。卓は千鳥の華奢《きゃしゃ》な肩を抱いて、和室からそっと出ていった。意外にも千鳥は文句も言わず、卓に素直に従う。

卓と千鳥と入れ替わるように、リキが静かに入ってくる。

「典子さんからの贈り物でしょう？」

氷川が荷物の伝票を指で差すと、清和は腹立たしそうに言った。

「まだオフクロの消息はわからない」

一昨日《おととい》の清和ならば力と金を駆使して典子の行方《ゆくえ》を摑《つか》めたかもしれない。昨日、加藤にシマを奪われ、ネットワークや資金も掠《かす》め取《と》られ、清和には微々たる力しか残されていない。

「典子さんの名前を騙《かた》った誰かの贈り物？　爆発物だったら僕が処理する……処理できないかもしれないけど、清和くんより詳しいと思う」

僕に任せなさい、とばかりに氷川は清和の前に出た。

「出ろ」

清和の形相がますますきつくなったが、氷川は引いたりはしなかった。荷物の宛名が清和ではなく自分だからだ。

「贈られたのは清和くんじゃなくて僕なんだよ？　誰が何を送ってきたのか、この目で確かめる」

氷川が意志の強い目で言うと、清和は険しい顔つきで溜め息をついた。リキが一礼してから近づいてくる。

「姐さん、出ていけとは言いませんが、俺に開けさせてください」

箱を開けた途端、爆発する危険性が高い。清和のみならずリキも氷川にケガをさせることを死ぬほどいやがる。

すなわち、彼らの男としての矜持《きょうじ》だ。

「わかった」

氷川が苦笑を漏らすと、清和の腕が伸びてくる。そのまま氷川は清和の逞しい背中に回された。

氷川は清和の身体を盾に、典子名義で送られた荷物を見る。

ガサガサガサ、とリキが注意を払いながら箱を開けた。そして、中身を確認した。氷川は清和の背中から顔を出して眺めた。

「……マネキンの腕？」

氷川はマネキンの腕だとばかり思ったが、リキと清和は瞬時に悟ったようだ。人間の腕である、と。

想像を絶する贈り物に、氷川は愕然《がくぜん》として固まった。

「リキ、誰の腕だ？」

清和は冷静に腕の持ち主を尋ね、リキはポーカーフェイスで答えた。

「酒井《さかい》さんの腕です」

リキは右腕に残るいくつもの傷で酒井だと判断したようだ。酒井の右手の甲には目立つ大きな傷が残っていた。

「酒井？」

酒井の名刺が斬り落《きお》とされた腕に添えられていた。メッセージの類《たぐい》は何も綴《つづ》られていない。

「昨夜、二代目を仕留められなかった責を問われたのでしょう」

昨日の夜、加藤の命を受けて酒井は清和を狙ったが失敗した。失敗したからといって、酒井の右腕を斬り落としたのか。

氷川は考えるだけで胸が悪くなり、清和の身体《からだ》にしがみついた。愛しい男の右腕に確かめるように触る。

「俺の腕を斬り落としたがっていたな」

清和の抑えきれない大きな怒りが、氷川にも痛いぐらい伝わってくる。同じようにリキの憤慨も感じた。

「はい」

「俺の代わりに酒井の腕を斬ったのか」

清和は酒井の斬り落とされた腕に辛そうに触れた。すまない、と苦しそうに酒井の腕に詫《わ》びる。

「酒井の腕を斬っても満足しないでしょう」

リキは真摯《しんし》な目で加藤の怨念《おんねん》にも似た恨みを示唆した。清和には男としての対抗心も燃やしているはずだ。

「……ここは知られた」

どうすればいいのか、清和は誰よりも頼りになる男に視線で聞いた。何ぶんにも清和は圧倒的に経験が少ない。

「尾行された気配はありませんが、調べたらすぐにわかるでしょう」

昨日の今日で居場所を突き止めたのか、氷川は加藤派の機動力に舌を巻いた。もっとも、サメ率いる諜報部隊《ちょうほうぶたい》でも突き止めていただろう。

「ああ」

「……が、加藤の舎弟にそんな力を持つ男はいない」

加藤は古臭かった父親と同じように諜報活動を重視していない。リキが加藤派の弱点を指摘すると、清和が一流の情報屋を口にした。

「木蓮《もくれん》、バカラ、一休《いっきゅう》、誰かが加藤に雇われているのか？」

現在、戦い方も多岐に亘《わた》り、情報戦を制さなければ勝利を得ることは難しい。けれど、自他共に認める一流の情報屋は暴力団であれ、大企業であれ、そうそう組織に属したりはしない。

「木蓮にしろバカラにしろ一休にしろ、誰にも雇われたりはしないでしょう。まして、加藤のような男の駒《こま》にはならない」

「木蓮がうろついていたかな？」

木蓮は氷川の勤務先のみならず二週間前は小田原にまで現れた。巧妙な変装を見破ったのは素人《しろうと》の氷川だ。

「はい、姐さんが見破りましたが」

「木蓮が……」

清和が何か言いかけたが、リキが鋭い双眸《そうぼう》で止めた。

「……お客さんです」

リキは平然とした様子で招かれざる客を口にした。いや、祐がやっと帰ってきたのだが、無用の輩《やから》も連れてきてしまったようだ。

千晶屋の前には車が二台、堂々と路上駐車している。氷川が祐にお茶を淹《い》れた頃、ようやく去っていったが、また新たな車が現れた。

「すみません、まけませんでした」

祐は執拗《しつよう》に尾《つ》いてくる車を振り切ろうとして、箱根の山に入り込んだという。卓の一件で箱根を訪れて以来、土地勘がついたからだ。しかし、急な山道を突っ走ったせいで、尾行をまく前に気分が悪くなってしまったらしい。

ちなみに、前回、箱根に乗り込んだ時も祐は酔っている。美貌《びぼう》の策士は実戦にはてんで弱い。

祐は尾行をまくことを諦《あきら》め、小田原に戻ってきたのだ。

「尾行をまいても無駄だとわかりましたが」

祐はシニカルな微笑を浮かべ、絶品の小田原銘菓を摘まんだ。

「何がわかった？」

リキが静かに促すと、祐は忌々しそうに小田原銘菓を口に放り込んだ。

「加藤ジュニアが名取《なとり》グループ会長のドラ息子と手を組んでいました」

予想だにしていなかった裏に、氷川は清和の腕の中で声を失う。

だが、報告を受けたリキはいっさい動じなかった。もしかしたら、加藤派の手際《てぎわ》のよさに名取グループの影を察していたのかもしれない。

「加藤と名取不動産の秋信《あきのぶ》社長が？　加藤は眞鍋の資産で秋信社長の粉飾決算の穴埋めをする気か？」

リキが秋信社長が加藤と組むメリットを挙げると、祐はわざとらしく手を叩いて拍手をした。

「さすが、我らが虎《とら》、ご明察。実際に話をまとめたのは加藤ジュニアではなく京子です」

加藤相手だったら秋信社長も乗らないでしょう、と祐は歌うように続けた。女狐《めぎつね》に乾杯、とグラスに見立てた小田原銘菓を高く掲げる。

「京子と秋信社長が繋《つな》がっていたのか」

「京子が秋信社長行きつけのバーに張り込んだようです。秋信社長にしても悪い話じゃない」

祐はスーツの上着の胸ポケットから、会員制のバーの名刺を出した。セレブと称される者たちが集《つど》うバーらしい。

「やっかいだな」

加藤のバックに名取グループがついたらどうなるか、氷川の背筋は凍ったままだが、清和は意外にも落ち着いている。彼が若くても数多《あまた》の荒波を潜《くぐ》り抜《ぬ》けてきた所以《ゆえん》だ。

「やっかいなんてものではありません。混ぜるな危険、のふたりです」

混ぜるな危険、のイントネーションに祐の憤《いきどお》りが如実《にょじつ》に現れていた。氷川の前にカビ除去剤が躍る。

「確かに、混ぜたら危険、だ」

上手いな、とリキは口元を不敵に緩めた。

「あの馬鹿ちん加藤ジュニアに名取の名前と力が加わったら？　名取のドラ息子に加藤率いる眞鍋の力が悪用されたら？」

祐がくどくど説明しなくても、加藤と秋信社長が組んだ弊害は想像できる。リキは打つべき手を参謀に聞いた。

「祐、それで？　お前は何がしたいんだ？」

「秋信社長の粉飾決算を週刊誌に垂れ込んでいいですか？」

加藤と秋信社長が手を組んだら悠長なことはしていられない。一刻も早く秋信社長の罪を白日の下に晒《さら》したほうが賢明だ。名取グループ自体の名誉に関《かか》わるだけに、名取会長も私情を捨てて弾劾《だんがい》するだろう。

「駄目だ」

リキが答える前、清和が遮るように言い放った。昔気質《むかしかたぎ》の極道の薫陶《くんとう》を受けた清和は、名取会長に対する恩義を忘れてはいない。

「では、どうしますか？　秋信社長の命令により、眞鍋は何件ものヒットを引き受けるでしょう」

秋信社長が眞鍋組に何をさせる気か、氷川でさえ容易にわかる。利己的なドラ息子は自分に仇《あだ》なす人物を眞鍋組に抹殺させるつもりだ。議論するまでもなく、眞鍋組は殺人を請け負う犯罪組織に成り下がる。

それは清和にもいやというほどわかっていた。

「……祐」

清和が苦渋に満ちた顔で息をつくと、祐は手をひらひらさせた。

「話はこれで終わりません。ショウの女は京子の高校時代の友人です」

祐は携帯電話を取りだし、写メールを見せた。同じ制服を着た京子とショウの彼女である美紀《みき》が仲良く並んでいる。タイプはまったく違うが、ふたりともとびきりの美少女だ。

「美紀が京子と繋がっていたのか」

リキは女性関係には弱いが、美紀と京子の間柄は盲点だったらしい。鉄壁の鉄仮面が僅《わず》かに崩れる。

「京子が美紀を助けた形です」

美紀がショウに語った身の上話に嘘《うそ》はないが、いささか説明が足りなかったようだ。実際は中学卒業時、予《かね》てから不仲の両親が離婚したが、どちらも美紀を引き取ろうとはしなかった。美紀は引き取られた親戚《しんせき》の家でひどい扱いを受け、絶望した挙げ句、自殺未遂騒ぎを起こした。高校生の時、手首を切った美紀を献身的に支えたのが京子だ。美紀は京子の支えもあって立ち直り、無事に高校を卒業して百貨店に勤めた。今年の春、美紀は百貨店を退職して輸入雑貨店を開いた。資本金を出したのはクラブ・ドームで抜群の人気を誇っていた京子だ。

京子の学生時代の交友関係、それも一般女性にまでは注意が届かなかった。もっぱら、チェックしていたのはホステス仲間だ。

「ショウは狙われたのか」

祐が指摘した通り、美紀はショウのいい花嫁候補ではなかったらしい。京子のシナリオによる芝居で、美紀はショウに近づいたのかもしれない。眞鍋組の特攻隊長の性格を京子は熟知している。

「ほかにハニートラップにひっかかりそうな男がいますか？」

「そうだな。ショウ以外、女の罠《わな》に落ちる男はいない。……が、ショウは女に縋《すが》られても二代目を裏切らない」

リキが強い目で断言すると、清和は力強く頷いた。祐も小田原銘菓を手にしたまま、同意するように相槌《あいづち》を打つ。

氷川も呆《あき》れるぐらい真っ直ぐなショウを信じていた。今でもショウは清和の忠実な韋駄《いだ》天《てん》だ。

「ショウの居場所は？」

「俺にわかるわけないでしょう？　イワシと連絡が取れたので追わせていますが」

サメ率いる諜報部隊は清和に忠誠を誓っているが特殊な立場にあり、眞鍋組の構成員というわけではない。極道でないからこそ、できることが多々あるのだ。だからこそ今、サメも諜報部隊のメンバーも加藤からは逃げている。

けれど、加藤も京子もサメと諜報部隊の存在を知っている。いずれ、必ず、手を伸ばすだろう。

「美紀は？」

リキがなんでもないことのように聞くと、祐は甘く整った顔を歪《ゆが》めた。

「ですから、俺にわかるわけないでしょう。ショウを宥《なだ》めるため、美紀はショウのそばにいるのかもしれませんね」

あられもない姿の美紀が隣にいれば、いくらショウでもじっとしているかもしれない。

「ショウがそんなにおとなしくしているか？」

リキ自身、ショウの無鉄砲ぶりに手を焼いたからか、至極当然の現実を口にした。清和も真剣な目でコクリと頷く。

「そうですね？　そろそろショウが暴れだすかもしれません」

祐が肩を竦《すく》めた時、リビングルームから信司の叫び声が響いてきた。

「……ひっ……ひーっ……うわーっ……」

何が起こったのか、ヒットマンが現れたのか、言葉にならない信司の声が異変を知らせている。

「信司、どうした？」

リキを先頭に祐、清和に肩を抱かれた氷川もリビングルームに飛び込んだ。風呂上がりのビールを楽しんでいた部屋であり、誰もが寝間着を身につけていた。

「……吾郎……吾郎……吾郎？　吾郎だよね？　吾郎だよ？　吾郎だよね？」

信司は腰を抜かしたらしく、テレビの前で尻餅《しりもち》をついたまま固まっている。卓はテレビ画面の前で木偶《でく》の坊《ぼう》のように呆然《ぼうぜん》と立ち尽くしていた。千鳥が泣きそうな顔で卓に腕を回している。

「このお兄ちゃん……東京で会ったよ。卓兄ちゃんやショウ兄ちゃんと一緒にギョーザを食った……クレープを奢《おご》ってくれた……頑張れよ、困ったことがあったらなんでも言え、って頭をなでなでしてくれた……」

千晶の人差し指が差した先はテレビの画面であり、ニュース番組の中には清和の舎弟である吾郎がいた。彼の肩書は指定暴力団・眞鍋組の構成員だ。

祐がテレビ画面を食い入るように見つめ、独り言のようにポツリと言った。

「吾郎が意識不明の重態？　酒井さんが死亡？」

中小企業の代表取締役社長の死亡と暴力団構成員の意識不明の重態のニュースを、女子アナウンサーは事務的に読み上げる。ふたりはＳＡＫＡＩビルの一階で取引先の担当者に発見されたらしい。警察は事件として捜査する方針だという。

氷川は悪い夢でも見ているような気分になった。ニュース番組がサスペンス番組に思えてならない。

「吾郎が酒井さんを殺したことにするつもりか」

祐はビルの一室で起こった殺人事件と犯人をサラリと言った。加藤もそう処理されるように狙ったのだろうし、警察も深くは追及しないだろう。

「……酒井さんが殺された？　吾郎くんが意識不明の重態？　どうして？　どうして？　どうしてこんな目に遭わなきゃいけないの？」

氷川は清和の逞しい身体に縋りつきながら、掠れた声をやっとのことで出した。清和は怒りが大きすぎるのか、顔になんの感情も表れない。

「酒井さんは昨日、二代目組長夫妻を殺せなかった責任を取らされたのでしょう」

祐は一呼吸おいてから、吾郎について言及した。

「吾郎も昨日、二代目組長夫妻の抹殺に失敗しました。吾郎はリンチに遭ったみたいです。死んだと思ったらまだ死んでいなかった、そんなところでしょうか？」

祐の見解に対し、誰も異議を唱えない。

リビングルームは男たちの怒りと悲しみで充満し、氷川の目には涙がとめどなく溢《あふ》れた。

「酒井さん、腕を斬り落とされて……腕だけじゃなくて命まで奪われたの？　酒井さんはヤクザじゃない。加藤さんは何を考えている？」

誰が酒井の命を奪ったのか、尋ねなくても氷川にさえわかる。わざわざ酒井を殺す必要はなかっただろう。

「もともと、昇り龍に靡《なび》いた酒井さんを許す気はなかったのでしょう」

短絡的な加藤の中で清和を慕う者はすべて敵になっているようだ。また、父親に似て経済力のない加藤は、酒井が切り盛りする会社の実権を握りたかったのかもしれない。

「そんな……吾郎くん……リンチ？　どうしてリンチなんかに遭う？　どうしてリンチなんてするの？」

氷川が大粒の涙をポロポロ流すと、リキが押し殺した声で漏らした。

「自分の失態です。あの時、吾郎を連れて逃げればよかった」

昨夜、リキはサービスエリアで吾郎を一撃で伸した。加藤派の団体に襲撃され、地面に倒れた吾郎をそのままにして逃げた。あの時、察して吾郎を連れて逃げればこんなことにはならなかったかもしれない。いや、無敵のリキでもあの状態で吾郎を連れて逃げる余裕がなかったのだ。目の前の敵と戦っていても、リキの意識は守らねばならない氷川に向けられていた。

氷川は自分がどれだけ大切にされているかわかっている。一途《いちず》なまでに守ってくれる男たちが切ない。

「……リキくんも卓くんも僕の安全を気にしていたね？　次、何かあったら僕のことは気にしなくてもいいから」

氷川がいると思い切った手が打てない、と氷川の命を大事にする男たちは口を揃える。

「……ま、それはおいて、問題はこれからです」

パンパンパンパンパン、と祐は湿っぽい空気を吹き飛ばすように手を叩いた。美貌の策士の言葉には一理ある。

「祐くん？　どうするの？　清和くんはカタギになったんだよ。どうしてこんなに狙われるの？　酒井さんや吾郎くんもどうしてこんな目に遭う？　もう酒井さんや吾郎くんみたいな人を出さないで」

カタギになったのだ、と加藤と京子の首根っこを摑んでこんこんと説教したい。どんなに言葉を尽くしても無駄なのだろうか。

「姐さん、いいところに気がつきましたね？　このままいけば、第二の酒井さん、第三の酒井さんが現れます」

被害者はまだまだ出るという意味で、祐は右の指を二本立てた後、三本立てた。

「加藤さんはヒットマンを送り続ける？」

「はい、我らが昇り龍と白百合の息の根を止めるまでヒットマンはやってきます。失敗したら、ヒットマンは処分されるでしょう」

まったくこんなことで眞鍋組の名前がメディアに流れるなんて、と祐は憎々しげに手を振った。

「……ヒットマン？　清和くんと僕にヒットマン？　まさか、ショウくんがヒットマンには……ならないよね？」

酒井にしても吾郎にしても、自分の意思に反し、清和や氷川の命を狙った。いやでもヒットマン候補としてショウが浮かぶ。

「姐さん、カンが冴《さ》えていますね？　次のヒットマンは九割九分九厘の確率でショウです。ショウが失敗したら安部《あべ》さんかもしれません」

ラスボスは橘高《きったか》顧問と典子姐さんでしょう、と祐は口惜しそうに続けた。清和やリキも同意するように相槌を打つ。

「……まさか」

何か裏であるとは思っていたが、酒井や吾郎のみならず安部や橘高まで、どうして加藤と京子の命令に従うのだろう。ただ単に初代組長の指示に縛られているとは思えない。

「ショウをむざむざ自爆させたりはしません」

「ショウくんなら千晶屋に大型バイクで突っ込んでくるよね？」

ショウの特攻の仕方はどこを切っても同じ金太郎飴《きんたろうあめ》のように決まっている。大型バイクで敵の本部めがけて突進するのだ。

「美紀がショウの腹にダイナマイトを巻くでしょうね」

ショウが本気になれば清和と氷川の命は奪えるかもしれない。

「今すぐここを出よう。ショウくんを誘《おび》きだそう。そうしないとショウくんが危ない」

氷川が清和の腕を振り回しながら言うと、祐は不敵にニヤリと笑った。

「姐さん、頼もしい限りです」

「嫌みなんて聞いている暇はない。さっさとショウくんを誘きだして、さっさとショウくんを捕獲して、さっさと裏で何があるのか摑んで……さっさと、さっさと……さっさと……手遅れになる前に……」

氷川が滝のような涙を流すと、祐だけでなく清和やリキも大きく頷いた。もはや悠長なことはしていられない。

「信司兄ちゃん、泣かないで。そんなに泣かないで。信司兄ちゃんが泣いても死んだ人は生き返らないよ。この世に未練が残ってゾンビになっちゃうかもしれない。吾郎兄ちゃんはきっと元気になるよ。吾郎兄ちゃんに小田原のかまぼこを届けようよ」

千晶は泣きじゃくる信司を必死になって慰め、千鳥は呆然としている卓を潤んだ目で気遣う。

宇治はへたり込んで頭を抱えていたが、真っ赤な目で立ち上がった。

「酒井さん、吾郎、仇《かたき》は討つ」

生真面目な宇治の口から出た固い決意に、清和やリキは視線で同意する。熱い血潮が流れる男たちの気持ちは変わらない。

小田原での穏やかな時間が儚《はかな》くも終わりを告げた。

# 8

深夜、氷川《ひかわ》はベージュのコートを羽織り、千晶屋《ちあきや》の一階にある駐車場に下りた。隣には黒いスーツに身を包んだ清和《せいわ》とリキがいる。

宇治《うじ》が銀のメルセデスの後部座席のドアを開け、氷川は清和やリキとともに乗り込む。助手席には祐《たすく》が座り、運転席には宇治が腰を下ろした。千晶屋の二階の明かりはついたままだ。

「出します」

宇治は一声かけてからアクセルを踏んで発車させた。

予期した通り、千晶屋の前に停《と》まっていた車が尾行してくる。スモークが貼《は》られているので中の様子はわからないが、加藤《かとう》の舎弟たちがひしめきあっているのだろう。前方に大型バイクに乗った男が現れたが、ショウのシャープな身体《からだ》のラインとはまったく違う。

宇治はカーナビを眺めつつ、ハンドルを右に切った。

「尾《つ》いてきています」

緊迫した車内の空気に耐えられなくなったのか、宇治はアクセルを踏みながらボソリと言った。

「雑魚《ざこ》ばかり尾いてきてもうるさいだけなんだがな。ショウはまだか?」

祐は車窓の風景に目を凝《こ》らすが、依然としてショウは現れない。宇治も周囲に気を配りつつ、ハンドルを握っている。

「まだいません」

「……あの大型バイク、ショウじゃないか?」

祐が左前方にハーレーダビッドソンに乗るライダースーツ姿の男を見つけた。氷川もライダースーツに包まれた身体のラインを確かめるように眺める。

「ショウの運転じゃありません」

ショウと同じような体形をしているが、運転の仕方が微妙に違うらしい。暴走族時代、一緒に大型バイクを乗り回していた宇治だからこそわかるのだろう。

「ショウ、運転のテクニックに関しては天才だからな」

ショウの運転技術は誰もが認めるところで、その気になればオートバイレーサーの道も開けていただろう。

「はい、ショウに追われたら逃げられません」

宇治の運転技術もプロ級だが、ショウには遠く及ばない。

「逃げる必要はない」

「ショウが現れませんが、このまま箱根《はこね》に進みます」

氷川を乗せた車は小田原《おだわら》を出て箱根に向かう。加藤の舎弟の車はぴったりと背後から尾いてくるが、銀のメルセデスのタイヤに銃弾を撃ち込む気配はない。土曜日の深夜だが、バイクの集団もおらず、どの車道も空いている。パトカーや白バイは見かけたが、だからといって何もない。

そうこうしているうちに、氷川を乗せた車は箱根湯本《はこねゆもと》に入る。情緒溢《じょうちょあふ》れる箱根湯本が真っ暗な闇《やみ》に覆われ、恐ろしいぐらいひっそりと静まり返っていた。別世界のものが出てきてもおかしくないような雰囲気だ。

「祐くん、キャラメルを食べたほうがいい」

氷川は線の細い策士を案じ、千晶《ちあき》からもらったキャラメルを渡した。何しろ、箱根の山はカーブが急で、祐は酔いかけている。

「姐《あね》さん、お心をありがたくちょうだいします」

祐に気分を害した気配はなく、素直にキャラメルを口に放り込んだ。

「気分が悪くなったらすぐに言って」

氷川が医師の目で言うと、祐は苦笑を漏らした。

「そんなことより、姐さん、もう一度確認しますが、決して危険なことはなさらないでください。車の中でじっとしていてくださいよ」

祐の言葉は清和やリキの切実なる願いであった。

「わかっています」

「姐さんは千晶屋で待機していてほしかったのですが」

リキがシナリオを書いた後、祐が入念に確認し、清和が承諾した。そのシナリオでは氷川は千晶屋で卓《すぐる》や信司《しんじ》といった男たちに守られていた。護衛として箱根にいる清和の舎弟たちに加え、イワシやタイといった諜報部隊《ちょうほうぶたい》のメンバーも呼び寄せる予定だったのだ。

「僕も狙《ねら》われているんでしょう？　京子《きょうこ》さんの目的は清和くんじゃなくて僕だと思う。隠れたら逆効果だ」

氷川が痛烈なリテイクを出し、リキと祐が渋々ながらシナリオを書き直した。京子の憎悪を最も受けている以上、氷川は清和やリキと下手《へた》に離れないほうがいい。巧妙に仕組んでも氷川が千晶屋にいると発覚する危険性が高い。

「俺は京子の気持ちがわからない。恨むなら姐さんより自分を捨てた清和クンでしょう」

祐が不思議そうに意見を口にすると、氷川は苦笑いを浮かべた。

「それが女性なんだって」

女性は浮気した恋人より、浮気相手に怒りが向くという。妻であっても浮気した夫より、浮気相手の女性に憎悪を抱くそうだ。女癖の悪い医師たちの間で何度も議論された話題である。

「ジュリアスのホストもそんなことを言っていました」

数字の出せないホストが、二股《ふたまた》をかけていたという。相手は店の客であり、恋人としてもつきあっていたソープ嬢とデリヘル嬢だ。ある日、ソープ嬢の自宅で遊んでいた現場にデリヘル嬢が乗り込んできた。手には包丁が握られていたという。

刺される、とホストは覚悟したものの、デリヘル嬢はソープ嬢を包丁で刺した。ソープ嬢は般若《はんにゃ》のような顔でデリヘル嬢を刺し返したという。

刺されても仕方がない男は無事だったそうだ。

どこにでもこういった話は転がっていて、一番ズルい男が笑って逃げる。自分を巡って刃物を振り回す女性になんの感情も残さない。

「うん、たぶん、女性はそうなんだと思う」

現実逃避というわけではないだろうが、氷川は女性についてしみじみ考えてしまう。男に二股をかけられ、咽《むせ》び泣《な》いている女性看護師は少なくない。

「……ま、京子の場合、清和クンも恨んでいるようですから」

祐は携帯電話を確認しつつ、揶揄《やゆ》するように言った。

加藤は清和を消したがっているが、京子はそうでもない。ただ、加藤より京子のほうが清和の腕を斬《き》り落《お》としたがっている。その目で屈辱に塗《まみ》れた清和を見下ろしたいのかもしれない。

「それも困るな。恨むなら僕にしてほしい」

氷川と再会しなければ、清和はあのまま京子を妻に迎えていただろう。考えた途端、氷川の胸がチクリと痛んだ。

「姐さんなんか恨んでも無駄だと思いますけどね」

氷川に対する祐の言葉の裏には、彼特有の皮肉が込められている。隣にいる清和の表情は変わらないが、祐の言葉に賛同しているようだ。

「祐くん、どういう意味？」

「姐さんを恨んでも時間の無駄です。白百合を恨んでも仕方がないでしょう」

「祐くん、なんかいちいちひっかかるんだけど」

氷川が目を吊《つ》り上《あ》げた時、宇治がボソッと口を挟んだ。

「ショウ、やっと来ました」

後方から走ってきた黒い大型バイクが、氷川を乗せた車を追い越した。ライダースーツに覆われた身体のラインといい、運転の仕方といい、百パーセントの確率でショウだ。彼は一定の距離を取って前方を走っている。

背後にはスモークを貼った高級車が何台も続いた。いや、よく見れば、どれも清和が所有していた高級車だ。アストン・マーティンやジャガー、キャデラックなどは売り飛ばさずに加藤の舎弟たちが使っているらしい。

かつての所有者である清和の憤慨が、氷川には手に取るようにわかる。宥《なだ》めるように隣にいる清和に優しい手つきで触れた。

「ショウ、俺たちを連れていきたいところがあるみたいです」

宇治はスピードを落としつつ、前方を疾走するショウの気持ちを読んだ。助手席にいる祐も同意するように頷《うなず》く。

「ショウも俺たちと同じシナリオを書いたのかもしれない」

祐がにっこり微笑《ほほえ》むと、リキが低い声で続けた。

「あの単細胞にしては上出来だ」

ショウは誰もが呆《あき》れるぐらい単純単細胞で無鉄砲な特攻隊長だが、単なる馬鹿《ばか》ならばとっくの昔に絶命している。

「……やっぱり、あの場所に向かおうとしている」

宇治は後方の車を攪乱《かくらん》してから、きっぱりと断言した。

清和と氷川の抹殺を命令され、ショウは単独で奇策を練ったのだろう。祐とリキが書いたシナリオと合致する。

「……ショウくん」

氷川は祈るような気持ちで命知らずの韋駄天《いだてん》の名前を呟《つぶや》いた。つい先ほど、千晶屋の二階で開かれた作戦会議が脳裏に浮かぶ。

ショウが大型バイクで飛び込んでくる前に、どこかに誘《おび》きださないといけない。かといって、どこに誘きだせばいいのか。人目につかず、辺りに民家のないところ、と祐やリキは地図を眺めた。

付近の地理に詳しい卓が、真摯《しんし》な目で地図の一点を指した。

『ショウが来たらここに先導してください』

卓が指で示した場所を見て、リキや清和は鋭い目を曇らせた。氷川も場所を確認して、言葉を失ってしまう。忘れようにも忘れられない、卓の優しい母親が義父に殺された場所である。

『卓、この場所を推す理由は？』

祐がサラリとした口調で尋ねると、卓は腹立たしそうに顔を歪《ゆが》めた。

『あいつ、いい場所を選びました。事故死に見せかけるには最高の場所です。どんなに大きな悲鳴を上げても、イノシシやタヌキは助けてはくれません。ショウもこの場所は知っていますし、崖《がけ》や岩、大木を利用して上手《うま》くやると思います』

卓の件で箱根を訪れ、ショウは付近の地理に詳しい。特に卓の母親が殺された場所は調査のために何度も訪れたそうだ。

祐は地図を手に持ち、思案顔で眺める。おそらく、清和やリキ、祐も卓が選んだ場所に異論はない。

『卓くん、お母様が亡《な》くなった場所だよ？　いいの？』

氷川が目を潤ませて聞くと、卓は大きく手を振った。

『いいも悪いもありません。ショウを釣るのも助けるのも一番いいスポットです』

卓が意志の強い目で言い切ると、祐やリキ、清和はいっせいに頷いた。決戦の場が決まれば、あとは早い。

案の内、ショウも卓の母親が殺された場所に向かってバイクを走らせている。お互い、目的地は同じだ。

しかし、どういった手はずでやり合うのか、やり合うように見せるのか、皆目見当がつかない。

こちらは氷川も含めて全員、血糊《ちのり》が入った防弾チョッキを着ている。だが、頭に銃弾を撃ち込まれたら終わりだ。

ショウもきちんと防御しているのだろうか、自爆装置など持たされていないだろうか、氷川の不安はますます大きくなる。

「姐さん、しっかり摑《つか》まっていてください」

その時だと思ったのか、リキは一声かけると、開けた窓からサイレンサー付きピストルでショウのバイクのタイヤを狙った。

プシュー、プシュー、と二発、サイレンサー付きピストルの音がするものの、ショウのバイクは前方を走っている。

リキは後方を走る車のタイヤも狙った。

プシュー、プシュー、プシュー、プシュー、と四発連続でサイレンサー付きピストルの不気味な音が鳴ると、アストン・マーティンのタイヤを撃ち抜いたらしく、派手なスピンを起こして岩肌に衝突する。

リキは銃弾を詰めると、再び、サイレンサー付きピストルで後方のジャガーを狙った。もっとも、ジャガーに乗車している男たちも窓から身を乗りだし、こちらの車のタイヤを狙っている。

どちらが発射したのかわからないサイレンサー付きピストルの音が飛び交った。車中、誰も一言も口を開かない。

氷川は清和の隣でひたすら祈るだけだ。

「宇治、停めろ」

氷川を乗せている車をそうそう狙わせるわけにはいかない。リキが指示を出すと、大木の下に車を停めた。

リキが日本刀を手に車から降りると、ショウもバイクを停めてヘルメットを外す。

「……ショウくん？」

加藤にでも殴られたのか、ショウの顔には見るも無残な殴打の跡があった。特に右の目が陥没している。

ショウの無残な姿に火がついたのか、清和や宇治もサイレンサー付きピストルを手に車から飛び降りる。祐や氷川は車の中で待機だ。

「俺、三代目組長の盃《さかずき》を受けました。なんの恨みもありませんが、死んでもらいます」

ショウは隠し持っていたナイフを取りだすと、悠然と構えているリキに凄《すさ》まじい勢いで飛びかかった。

「ショウ、見損なった」

リキは鈍く光る日本刀でショウのナイフを躱《かわ》す。

一見、リキの日本刀のほうが有利に見えるが、機敏なショウが握るナイフも馬鹿にはできない。

「昇《のぼ》り龍《りゅう》と虎《とら》の時代は終わったんスよ。橘高《きったか》のオヤジも典子《のりこ》姐さんも三代目組長就任を祝いました」

ショウは本気で加藤についたのか、死に物狂いの形相でリキにナイフを振り回す。氷川はショウが知らない男に見えた。

「橘高顧問と典子姐さんが三代目を認めるわけがない」

「三代目組長に惚《ほ》れたそうっス。第一、男の姐なんてとんでもねえっス」

ショウの渾身《こんしん》の回《まわ》し蹴《げ》りをリキはすんでのところで躱した。静かな月夜に砂埃《すなぼこり》が立ち込める。

「京子よりマシだ」

リキの日本刀がショウの肩先を掠《かす》めた時、加藤の舎弟たちが車から降りた。すかさず、清和と宇治がサイレンサー付きピストルで加藤の舎弟の手足を撃ち抜く。氷川を慮《おもんぱか》ってか、急所は外しているらしい。

中型のバイクが清和めがけて突進したが、宇治の銃撃が僅《わず》かに早かった。清和を狙った中型のバイクはクルクル回転したかと思うと、そのまま切り立った崖から落ちる。

加藤の舎弟たちは崖から落ちた男には一瞥《いちべつ》もくれず、ただただターゲットである清和に凶器を向ける。

眞鍋《まなべ》本家で生卵を投げていた男が、日本刀で清和を斬《き》りつけた。

「ここで死んだほうが身のためだぜ。オカマと一緒に生きたまま硫酸《りゅうさん》風呂《ぶろ》に浸《つ》かることになる」

清和は己に振り下ろされた日本刀を難なくよけ、男の利《き》き腕《うで》のつけ根をサイレンサー付きピストルで撃ち抜いた。一言も口に出さない。

「……このっ……そんなに生きたまま硫酸風呂に入りたいのか」

清和の前にも横にも後ろにも凶器を握った野獣がいる。リキはショウに手いっぱいで助けられない。

「思ったより数が多い」

予想以上の敵の多さに、祐は秀麗な美貌《びぼう》を翳《かげ》らせる。

加藤が眞鍋組のシマを守っているならば、清和抹殺にこの人数は投入できない。現在、眞鍋組のシマは手薄になり、ほかの組織の介入を増長させているだろう。

「……どうしたら」

入念に立てた作戦が失敗したのか、氷川の胸の鼓動が速くなる。

「姐さん、絶対に出ないでください」

祐に念を押されるまでもなく、飛びだしてはいけないと肝に銘じている。清和やリキの足手まといになるだけだ。

「わかってる、わかっているけど……」

氷川がハラハラしていると、崖っぷちに清和が追いつめられていた。右手にあるサイレンサー付きピストルに弾はない。

「清和くんっ」

氷川が車内で悲鳴を上げたが、祐はまったく動じない。

「姐さんの大事な清和くんの悪運の強さは定評があります。安心してください」

祐の言葉通り、清和は崖っぷちに踏《ふ》み止《とど》まり、加藤の舎弟たちを殴り飛ばした。すかさず、宇治が銃弾を込めたサイレンサー付きピストルを手渡す。

清和の反撃に加藤の舎弟たちは崩れた。

氷川が肩から力を抜いたのも束《つか》の間《ま》、リキとショウの命のやりとりが過熱する。激しいなんてものではない。

「悪あがきをするなっ」

ショウの渾身の一撃がリキの右の胸にグサリと突き刺さった。滴《したた》り落《お》ちるリキの鮮血に、氷川は血相を変える。

「リキくん？」

リキは右手に持っている日本刀ではなく、左手で隠し持っていたサイレンサー付きピストルをショウに向けた。

プシュー、プシュー、プシュー、プシュー、プシュー、とサイレンサー付きピストルが連続で鳴ると、ショウの身体が真っ赤に染まる。

そう、ショウの身体が彼自身の血で赤く染まったのだ。

「ショウくん？　ショウくん？」

車窓の外、血塗れのショウは崖から転落してしまった。確か、卓の母親が義父に突き落とされた場所だ。

氷川が後部座席で固まっていると、車窓が物凄《ものすご》い勢いで叩《たた》かれた。かつて清和に破門された構成員が、獰猛《どうもう》な肉食動物のような顔で窓ガラスを割ろうとしているのだ。

「とうとう来ましたか」

祐が優雅な微笑を浮かべ、開けた窓から発炎筒を投げた。

「白百合特製の逸品を楽しんでください」

祐の大声に反応するように、清和やリキ、宇治はハンカチで口と鼻を押さえる。赤い煙の中、くしゃみを連発する加藤の舎弟たちの前を通り抜け、氷川が待つ車に戻ってきた。

運転席に飛び乗った宇治が、アクセルを踏んで発車させる。急な山道を猛スピードで走り下りた。

加藤の舎弟たちの車は追ってこない。

なんのことはない、別ルートからやってきたイワシが加藤の舎弟の車をすべてパンクさせていたのだ。

宇治は真剣な目でアクセルを踏み続け、助手席の祐は携帯電話を眺めている。氷川の左右にいるリキと清和は何事もなかったかのように平然としていた。ただひとり、生きた心地がしないのは氷川だ。

「……せ、せ、せ、清和くん」

「安心しろ」

清和の張りのある声を聞いても、到底、氷川は安心できない。

「……ショウくんは？　ショウくんは？」

「ショウは崖から落ちたぐらいでは死なない」

清和はニヤリと不敵に笑ったが、氷川は真っ赤な目で首を振った。

「リキくんに撃たれて……ショウくんはリキくんに撃たれて……ショウくんは本当に加藤さんについたの？　違うよね？　ショウくんは無事だよね？」

氷川の言葉は要領を得ないが、それなりに清和には通じているらしい。

「ショウの身体にブチ込んだのは血糊の銃弾だ」

最初からリキは命に別状のない特製の銃弾でショウを貫くつもりだった。瞬時にショウは悟り、自ら険しい崖に落ちたのだ。

「……そうなの？」

ショウとリキは本気で戦っているとしか見えなかった。加藤の舎弟たちもまったく疑っていなかったはずだ。そもそも、あまりのショウとリキの激しさに、加藤の舎弟たちは近づこうともしなかった。

「ショウもそのつもりだったらしい……泣くな」

清和は見ていられないのか、氷川の涙から目を背ける。

「……血糊の弾丸だから平気なの？」

「泣くなと言っているだろう」

姉さん女房の涙にてんで弱い清和に促され、リキがいつもと同じ調子で口を挟んだ。

「姐さん、泣かないでください。これでショウは加藤から逃げられるはずです」

リキもショウのナイフによって血を流している。いや、リキが身に着けていた防弾チョッキには血糊が入っていたのだ。加藤の舎弟たちの目をくらませるため、リキはわざとショウに斬らせたらしい。

「逃げる？　加藤さんからショウくんが逃げる？」

あの険しい崖から落ちたら、奇跡でも起こらない限り、無傷ではいられない。あの場にいた加藤の舎弟たちは、ショウが死んだと思うだろう。

「京子は騙《だま》せないかもしれませんが、襲ってきた奴らは誤魔化せたと思います。険しい崖でしたから」

賢いヒットマンはいませんでした、と祐が茶化したような声でリキに続く。それでも、氷川の綺麗《きれい》な目から流れる涙は止まらない。

「……いったい何が……ショウくんも加藤さんにひどい目に遭わされたのかな……何が起こっているの……」

氷川が嗚咽《おえつ》を漏らすと、リキがいつもよりトーンを落とした声で告げた。

「ショウがナイフを振り回しながら小声で言いました。杏奈《あんな》、裕也《ゆうや》、と」

杏奈と裕也という名前には、氷川も聞き覚えがある。リキこと高徳護国流《たかとくごこくりゅう》の次男坊を庇《かば》って死んだ本当の松本力也《まつもとりきや》の妻子の名前だ。

「……本当の……初代のリキくんの奥さんとお子さんの名前だ……裕也くんは亡くなった

お父さんにそっくりだって……ま、まさか、違うよね？」

氷川が恐怖で背筋を凍らせると、リキは苦しそうに一気に言った。

「杏奈と裕也を人質に取られたのでしょう。すべての合点がいきます」

その瞬間、初代・松本力也を兄とも慕っていた清和から苛烈《かれつ》な怒気が発せられ、氷川はなんともやるせない気持ちでいっぱいになった。怒りより悲しみが大きくて、加藤や京子に対する罵倒《ばとう》も出ない。

「なんの関係もないのに……」

氷川が涙声でポツリと漏らすと、祐が事務的に答えた。

「杏奈と裕也を人質に取られたら、俺たちは手が出せない。橘高顧問も典子姐さんも安部さんもショウも吾郎も……誰も逆らえないでしょう。京子、いいところを突いてきます」

弱点を的確に攻めた京子に対し、祐は嫌み混じりの称賛を送った。

「京子さんも杏奈さんと同じホステスだったのに……杏奈さんは子供を抱えて必死に頑張っているのに……」

初代・松本力也が亡くなった後、杏奈は妊娠に気づいたという。清和や橘高の反対を押し切り、典子の援助を得て、無事に元気な男の子を出産した。以来、リキは杏奈と裕也に金銭的な援助をしている。

「杏奈の生き方も京子にしてみれば面白くなかったのかもしれません」

祐は自尊心の強い京子の心情を揶揄したが、氷川はまったくもって理解できない。杏奈には同情こそすれ、嫌悪《けんお》を向ける女性ではない。

「どうして？」

氷川が首を傾《かし》げると、祐はシニカルな微笑を漏らした。

「京子に聞いてください」

「問《と》い質《ただ》したい……僕は二度と会いたくなかったけどね……」

氷川が縋《すが》るように清和の手に触れると、ぎゅっと力強く握り返された。

「リキさん、ショウはほかにどんなメッセージを？」

氷川に引《ひ》き摺《ず》られないためにか、祐はこれ以上ないというくらい事務的な口調でリキに尋ねた。

ショウは最初で最後になるかもしれないチャンスを有効に使ったはずだ。自分が握った情報をリキに伝えようとしたに違いない。

「秋信《あきのぶ》、ハウス」

リキは思案顔でショウの口から出た言葉を反芻《はんすう》する。

「秋信、ハウス？　秋信の家？　秋信名義の家に裕也や杏奈が監禁されているのか？　本家ではないな」

まず、真っ先に助けなくてはならないのは、監禁されている裕也と安奈だ。どんな扱いを受けているのか、加藤が加藤だけに不安でならない。

「ニンニク、ギョーザ」

これで終わりだ、とリキは渋い顔で言い終えた。

ショウのメッセージに、意表を衝《つ》かれたのは氷川だけではない。

「ニンニクとギョーザ？　ショウの大好物じゃないですか」

ショウはニンニクがたっぷり入ったギョーザが好きだが、食の細い祐はそうそう受けつけない。

「何か裏にあるのかもしれん。ショウが好きなギョーザを売っている店を調べろ」

リキが低い声で指示を出すと、祐は助手席で手を振った。

「調べられる人材がどこにいるんですか」

連絡の取れた諜報部隊の男たちは不眠不休で働いているが、早くも何人かオーバーワークで倒れてしまった。

「サメは？」

優秀な司令官がいなければ兵隊は成果を残せない。

「戻っているはずです」

祐が腕時計で時間を確かめながら言った時、宇治はいきなりハンドルを左に切った。

「すみませんっ」

氷川は後部座席からずり落ちそうになったが、すんでのところで清和の大きな手に支えられる。

「追手か？」

清和が鋭い双眸《そうぼう》をさらに鋭くさせると、リキが即座に銃を手にした。祐は加藤派の機動力を絶賛しようとしたが、宇治はやけに真面目《まじめ》な声で答えた。

「イノシシです」

加藤の舎弟が現れたのだとばかり思ったので、車内に流れた緊張の糸が途切れる。氷川の口はポカンと開いたまま、なかなか閉じられない。

祐が喉《のど》の奥で笑いながら、地元民から聞いた注意を口にした。

「そういえば、動物に注意しろ、と卓が言っていたな？」

急カーブが多いうえ、どこから動物が飛びだしてくるかわからないし、標高の高いところは霧が深い。おまけに、深夜ともなれば運転には特に注意しなければならない。

「はい、一歩間違えば事故で逝きます」

「加藤の舎弟たち、箱根の山を知っているのかな？」

事故ってくれたら楽だな、事故ってほしいな、と祐が揶揄《からか》うように言った時、白い霧に覆われた一軒家が浮かび上がる。

卓が受け継ぐはずだった瀟洒《しょうしゃ》な別荘のひとつを、清和は米倉慎太郎《よねくらしんたろう》の名義で購入していた。鬱蒼《うっそう》とした木々が生い茂った仙石原《せんごくばら》の別荘は安全なはずだ。

深い霧の中、氷川を乗せた車は静かに流麗なアーチを描いた門を潜《くぐ》った。ガレージに見慣れぬ車が停まっているが、誰も足を止めたりはしない。

リキが先頭に立ち、インターホンも押さずにドアを開けた。

「ドーブルィ・ヴェーチェル、カーク・ヴィ・パジヴァーイチェ」

ロシアの民俗衣装を身に着けたサメが、両手を大きく広げて立っている。足元には代表的なロシア土産であるチェブラーシカのぬいぐるみが何匹も置かれていた。サメなりのロシア帰りの演出だ。

「サメ、下手なロシア語はいい」

リキは冷徹な口調で言うと、黒い革靴を脱いで上がった。無事の再会を喜び合う気は毛頭ないようだ。

「スパスィーバ、モスクワ、サンクトペテルブルク、ウラジーミル、カリーニングラード、シベリア」

サメはロシア人の如《ごと》くオーバージェスチャーで祐を抱き締めようとした。滑稽《こっけい》なくらい芝居がかっている。

「ロシアの地名を並べている場合じゃありません。今回の失態、目に余る。どういうことですか？」

祐の厳しい詰問にも、サメは自分を崩さなかった。

「ピロシキ、ボルシチ、ペリメニ、ジュリエン、ガルショーク・ス・グリバーミ、ヴィニグリェート」

ピロシキとボルシチでロシア料理だと気づいたらしいが、清和は普段と変わらない様子でサメに言葉を返した。

「サメ、食い物か？」

清和がクールに去っても、サメは情熱的な目で氷川をじっと見つめた。

「レーニン、スターリン、フルシチョフ、ブレジネフ、ゴルバチョフ、エリツィ――」

氷川は最後まで言わせず、サメの手を固く握った。

「サメくん、無事でよかった。無事に会えてよかった」

氷川の熱い反応に対し、サメはきょとんとした面持ちで惚《ほう》けた。

その後ろを宇治が風か何かのように素早く通り過ぎていく。彼はリビングルームに入ったが、すぐに退出して二階に上がった。おそらく、何か指令を受けたのだろう。

「……姐さん、困るんですよ。ここで俺はボロクソに罵《ののし》られる予定です。正直、ここで殴られたいんです」

サメが氷川の手を握り返し、固い握手を交わした。

「大きなミスをしちゃったんだね」

「姐さん、カンがいい」

サメがロシア悲劇の登場人物のようなポーズを取った時、リビングルームに進んだリキからドスの利いた声が響いてきた。

「サメ、これはなんだ？」

サメは華奢《きゃしゃ》な氷川の陰に隠れるようにして、清和やリキがいるリビングルームに向かった。

部屋の中央に置かれたテーブルには、女の子形のマトリョーシカや歴代大統領のマトリョーシカ、ふわふわした帽子、ウオッカ、クヴァスなど、ロシア土産がズラリと並んでいる。

「ロシアより愛をこめて」

サメはジェームズ・ボンドさながらにキザに決めたが、リキの視線は極寒のロシアより冷たい。

「情報は？」

「ロシアの愛に破れた」

サメはロシアで引っ張ろうとしたが、リキはまったく相手にせず、無表情で責めるように言った。

「サメ、初代組長の意識が本当に戻ったのか、確認できたのか？」

リキがサメに与えていた指示内容に驚き、氷川は大きく目を瞠《みは》った。言われてみれば、誰も意識を取り戻したという初代組長に会っていない。氷川は清和とサメの顔を交互に見た。

「俺がラスプーチンだったら、わかったかもしれない」

サメはロシア史上に深く刻まれた怪僧の名前を挙げた。彼特有の言い回しを、リキは即座に理解する。

「まだ摑めないのか」

リキの声音《こわね》は普段と変わらないが、視線は確実にサメを咎《とが》めている。見解なりとも聞きたいようだ。

「たぶん、初代組長は植物人間のままだと思う。ただ、証拠はない。眞鍋組本家に潜り込めない。近来稀《まれ》に見る厳戒態勢だ」

サメはお手上げとばかりに、左右の手を高く掲げた。

「本家の誰か、買収できないのか?」

大切な人質が取られているからか、リキは手っ取り早い手段を示唆した。

「京子が自分の信者で固めている」

いつの間にか、京子は主《あるじ》である佐和《さわ》をさしおいて眞鍋本家を牛耳っていた。まさしく、鉄壁の本拠地だ。

「裕也、杏奈、秋信《あきのぶ》、ハウス、ニンニク、ギョーザ、ショウからの言葉だ」

リキがショウのメッセージを伝えると、サメは瞳《ひとみ》をぐるぐる回し、頭脳もフル回転させた。

「裕也と杏奈を人質に取られたのか？　秋信の別荘にでも監禁されているのかな？　ニンニクとギョーザ？　ショウの大好物だよな？」

サメはひとしきり唸《うな》った後、清和に視線を注いだ。

「ここ最近、ショウが一番通っているギョーザ屋はどこですか？　ニンニクがたっぷり入っているギョーザ」

眞鍋組のシマにはショウお気に入りのギョーザを扱っている店が何軒もあった。サメは一軒に絞れないらしい。

「……ここ最近なら眞鍋のシマに新しく出店した店」

清和がどこか遠い目で力なく答えると、パチン、とサメは右の指を器用に鳴らした。

「……そこだ、たぶん、その店は京子の息がかかっている。店主の嫁がクラブ・ドームで数字の出せなかったホステスだ」

眞鍋組資本の高級クラブに所属していた頃、京子はホステスとしては一流で、後輩のみならず先輩の評判も悪くはなかったらしい。指名が取れずに困っているホステスにも、さりげなく手を差し伸べたそうだ。女王様体質のきつい京子だが、意外にも姐御肌《あねごはだ》で面倒見のいいところがある。

「クラブ・ドームのホステス？」

「仮説ですがね？」

サメは一言断ってから、いつになく真剣な顔で語りだした。

「問題の日、ショウは姐さんを病院に送ってから眞鍋のシマに戻った。総本部に戻る途中、懇意にしている店主から誘われたのかもしれません。売れ残りのギョーザがあるから食っていけ、と」

サメはそこまで言うと、テーブルに載せたピロシキを手にした。もしかしたら、ギョーザに見立てているのかもしれない。

「そのニンニク入りのギョーザに何か入ってたのかも」

ショウは大好物のギョーザを食べて意識を失ったのだろうか、そのまま加藤派の者によって連れ去られてしまったのか、その場で裕也や杏奈、典子と会ったのだろうか、憶測の域を出ないが、遠く外れてはいないかもしれない。

「美紀《みき》に一服盛らせればいいのでは？」

リキが異論を唱えると、サメは人差し指を立てた。

「我らが鉄砲玉を忘れたか？　美紀はショウの押さえとして綺麗なままでおいとかないとヤバいだろう」

ひょっとしたら、ショウにとっては美紀も人質だったのかもしれない。どちらにせよ、ショウは板ばさみになって苦しんだはずだ。

「締め上げるか」

「ギョーザ屋を締め上げるより、秋信名義の別荘を探したほうがいいかもしれない……ギョーザ屋は何か知っているのかな？　だから、ショウが伝えたのか？」

サメは表情をころころ変えたかと思うと、いきなり口を噤《つぐ》んだ。リキも腕を組んだ体勢で押し黙っている。

こういった時、清和は圧倒的に経験の少ない自分の意見は口にせず、頼りになる男たちの言葉を待つだけだ。それゆえ、清和は修羅《しゅら》の世界で勝ち続けてきたのである。

「……ま、ピロシキでも食いませんか？」

サメは考えることに疲れたのか、ロシア土産を指で差した。

「……サメ」

リキがシニカルに口元を歪め、清和が切れ長の目を細める。超然と構えているサメに感心さえしている気配があった。

「肉のピロシキと野菜のピロシキがあって、どっちにするか迷ったけど、姐さんのお言葉を思い出して、野菜のピロシキを多めに買ってきました。日本じゃピロシキは揚げパンだけど、本場では焼いたピロシキがポピュラーです」

サメが悪戯《いたずら》っ子《こ》のように笑ったので、氷川も釣られるように微笑んだ。

「サメくんはいつでもどこでもサメくんだね」

氷川はテーブルに並んだロシア土産を手にとって眺める。こんな状況でなければ、楽しく見つめただろう。千晶や千鳥《ちどり》に手渡したら、無邪気に喜んだはずだ。

「そのお言葉はそっくりそのままお返しします。学習塾とか書道教室とか、俺は飲んでいたウオッカを噴きだしました」

祐から氷川の未来予想図を聞き、サメはせっかくのウオッカを台無しにしてしまったという。

「学習塾に書道教室、僕は本気だったんだよ」

「姐さん、日本の政治家が日本を立て直すより難しい話です。諦《あきら》めてください」

母国を喩《たと》えに出すサメに、憂国の士の面影はまるでなかった。

「諦め……諦めたくないんだけどね?」

「やらないとやられます。姐さんの大事なダーリンはカタギになっても始末されます。加藤はとことん頭が悪いから限度を知らない。どこまでもやります。硫酸風呂は脅《おど》しではありません」

サメが大きな溜《た》め息《いき》をついた時、終始無言で携帯電話を操作していた祐が初めて口を開いた。

「眞鍋組初代組長、意識が戻るどころか亡くなっています。あの日、佐和姐さんは初代組長の死亡を公表するつもりだったんじゃないでしょうか」

祐が断言口調で言うと、清和やリキは驚愕《きょうがく》で上体を揺らし、サメは瞬《まばた》きを激しく繰り返した。

あまりの事態に氷川の思考回路はショートしかける。何がどうなっているのか、すべてが霧の中だ。

「祐、どこからの情報だ？」

サメは興奮のあまりテーブルに手をつき、息せき切って祐に尋ねた。

「木蓮《もくれん》」

祐はなんでもないことのように、一流と目される情報屋の名前を口にした。木蓮は煮ても焼いても食えないプロの中のプロだ。

「木蓮？　どうやって木蓮を動かしたんだ？」

眞鍋組が荒れていると知り、騒動に巻き込まれたくないのか、距離を置く輩《やから》がいないでもない。一流の情報屋のひとりであるバカラは、清和のために情報収集に動いてくれている。けれど、一休《いっきゅう》は眞鍋組関係者からのコンタクトをすべて断ち切った。木蓮も清和のみならず加藤の関係者もすべてシャットアウトしたらしい。リキやサメは木蓮と連絡が取れず、ほぼ諦めかけていた。

「麗しの核弾頭をつけあがらせたくありません」

祐が嫌みっぽく氷川を横目で見据えると、サメは思い当たったように口を大きく開けた。

「……ああ、ああ、ああ、ああ、我らが麗しの姐さんのおかげかな？　お前の変装の見破り方がわかった、とか言ってズルく揺さぶって、さくっと協力させたのか？」

なんとなく、という理由で氷川は木蓮の扮装《ふんそう》を見破り、周囲の度肝を抜いた。その事実を祐は巧妙に利用したらしい。到底、リキや清和にはできないテクニックだ。

「木蓮に関しては後で。……先ほど、初代組長の担当医師が事故で亡くなったそうです。加藤の舎弟に始末されたんでしょう」

氷川の前で木蓮を話題にしたくないらしく、祐はやや強引に本題に戻した。初代組長の担当医師の事故死は初耳だ。

あんなに世話になった医者なのに、と清和は心の中で怒りまくっているようだ。氷川は慰めるように清和の身体に腕を回した。

「ああ、担当医師から情報を摑んだのか？　木蓮はあの口の堅い医師からよく摑めたな……う、う、う、初代組長の死亡で京子の計画が動きだしたのかな？　京子は死期が近いと踏んでいたのか？」

サメは独り言のようにぶつぶつ呟いたが、祐やリキは同意するように相槌《あいづち》を打った。初代組長が亡くなったと周囲に知れ渡る前に、さっさと初代姐の口から加藤の三代目組長就任を宣言させせなければならない。

一昨日《おととい》、京子にしても一か八《ばち》かの大勝負の日だったのだ。まんまと二代目を廃除し、加藤に三代目を名乗らせることに成功した。惜しむらくは、眞鍋本家で清和の腕を斬り落とせなかったことかもしれない。清和に時間を与えたら、力をつけて盛り返すと踏んでいたからだ。

「初代姐は京子の言いなりか」

ふっ、と祐が馬鹿にしたように鼻で笑うと、清和が控えめに口を挟んだ。

「佐和姐さんが初代組長と結婚したから、京子の母親の人生は狂った」

佐和は家族や親戚《しんせき》との縁を切って、眞鍋組の初代姐になったものの、ひょんな偶然が不幸を招いた。京子の母親は佐和の従妹《いとこ》に当たるが、昔から姉妹のように仲がよかったという。佐和が結婚によって勘当されて疎遠になっていたが、ある日、ひょっこりと街中で出会った。

佐和は無視して通り過ぎようとしたが、京子の母親は懐かしそうに声をかけたという。

『……佐和ちゃん、佐和ちゃん、お久しぶり。元気そうでよかった』

佐和に語りかける京子の母親の姿を見て、眞鍋組の男の恋情に火がついた。京子の母親に家庭があるにもかかわらず、眞鍋の男は強引に言い寄り、腕ずくでものにしたのだ。ヤクザに嫁いだ佐和の従妹ならば手を出してもいいだろう、と。

佐和が気づいた時にはすでに遅かったという。

「京子の母親にも隙《すき》があったのだと思いますよ」

京子の両親は離婚したが、眞鍋の男とは籍を入れなかった。もし、佐和の従妹でなければ、京子の母親は温かな家庭を築いていたはずだ。京子も仲のいい両親の下で幸せに育っていたに違いない。

氷川は初めて聞く京子の母親の話に戸惑うばかりだ。

「佐和姐さんは負い目を感じている」

清和が苦しそうに佐和の気持ちを代弁すると、祐は冷徹なビジネスマンの顔で切り捨てた。

「佐和姐さんが負い目を感じる必要はない。京子の母親がヤクザを侮っただけの話だ……京子も眞鍋を侮ったのか？　昇り龍と虎をナメたのかな？」

祐は秀麗な美貌を闘志で燃やし、清和とリキを煽《あお》るように見つめた。清和とリキは申し合わせたわけではないのに、どちらも険しい形相でそっぽを向く。

「ナメていたらこんな手の込んだ真似《まね》はしないだろう」

サメが腹立たしそうにウオッカの瓶を振り回すと、祐は冷酷な目でぴしゃりと言った。

「ナメたから、戦いを挑んできたんですよ。恐れていたらケンカは売りません」

ナメられたら終わり、という不文律が氷川の脳裏を過《よぎ》った。極道界のみならずどこの世界でも鉄則だ。

「昇り龍に戦いを挑んだらどうなるか思い知らせてやらないと」

祐が不敵に微笑んだ時、リキの携帯電話にメールが届いたようだった。瞬時にリキの鉄仮面が和らぐ。

「箱根に潜んでいた京介《きょうすけ》がショウを助けた。シマアジが確認したが、ショウに接してはいない」

よかった、と氷川は清和の広い胸に顔を埋《うず》めた。清和もショウの無事にほっと胸を撫《な》で下《お》ろしている。

「京介？　ショウが京介を呼んだな？　ショウはどうやって京介に連絡を取ったんだ？」

ショウにそんな業《わざ》が使えたのか、と祐がひどく不思議がっているが、清和にしてもサメにしてもリキにしても同じ気持ちだ。

「後でニンニク入りのギョーザを食わせて聞きだせ」

「そうですね。ショウにニンニク入りのギョーザを吐くまで食わせてやらないといけません」

祐は清和を見つめた後、広い胸に顔を埋めている氷川に視線を流した。

「姐さん、カタギの道は諦めてください。戦わなければ殺されるだけです。橘高顧問や典子姐さんどころか、なんの罪もない裕也や杏奈まで殺されるかもしれない」

祐は昇り龍の忠実な参謀として、氷川から戦いの承諾を得たいらしい。すなわち、誰もが氷川の涙に弱いからだ。

「……カタギになってほしい、ってお願いしても無駄だね」

清和を筆頭に祐やリキ、サメの気持ちはよくわかっているが、氷川は口に出さずにはいられなかった。小田原の千晶屋で過ごしたほんの一時が幸せだったからだ。宅配便で送られた酒井《さかい》の腕で地獄に突き落とされた。

「はい、もう身に染《し》みてわかったでしょう？　この場もいつまで安全かわかりません」

今すぐにでも窓が割られ、パイナップル弾が投げ込まれるかもしれない。周囲に民家がないのでちょうどいい。

「裕也くんと杏奈さんを助けてあげてほしい」

氷川は覚悟を決めると、掠れた声で言い放った。一刻も早く、裕也と杏奈を救いだしたい。

「はい」

リキが眞鍋本家に殴り込む前に助ける、と祐は華やかな微笑で宣言しているような気がしないでもない。

「橘高さんも典子さんも助けてあげてほしい」

情報を繋《つな》ぎ合《あ》わせれば、橘高と典子がどこかで監禁されている可能性が高くなった。もしかしたら、橘高もショウと同じように薬物で意識を奪われていたのかもしれない。

「はい」

「佐和姐さんも解放してあげてほしい」

佐和が断腸の思いで京子と加藤に与《くみ》したことは、氷川でも手に取るようにわかる。楽にしてやりたかった。

「姐さん、優しいですね」

祐が聖母マリアを崇《あが》めるような目で氷川を真《ま》っ直《す》ぐに見つめた。皮肉でもなければ冗談でもない。

「清和くんも祐くんもリキくんもサメくんもショウくんも……無事に……誰も殺さないでほしい……みんな無事で……無事に……」

どうしてこんなことになったのか、今さらながらに悲しみがどっとぶり返し、氷川の目から大粒の涙が溢れる。

周りの男たちの顔が一様に暗くなった。

「姐さん、姐さんに泣かれると困るのは清和坊ちゃまだけではありません。泣いてもなんの得にもなりませんよ」

祐特有の慰めも氷川の涙は止められない。

る。

愛《いと》しい男の押し殺したような声を聞き、氷川の胸にさらに複雑な想《おも》いが込み上げてくる。

「すまない」

「……清和くん」

不安で押《お》し潰《つぶ》されそうになるが、命より大事な男がそばにいる。頼りになる男たちも揃っている。

これ以上、何事もないように、大切な者たちの血が流れないように、氷川はただただ祈るしかなかった。

氷川は清和の存在を確かめるように、その冷たそうな唇に手で触れる。愛しい男の唇の感触はいつもとなんら変わらなかった。この先、何があろうとも愛しい男の唇が変わらないと信じている。

# あとがき

講談社X文庫様では二十六度目ざます。己の血と肉についてしみじみと考えている樹生《きふ》かなめざます。

いえ、そのですね、血と肉ざますの。

アタクシのお腹《なか》のお肉がたぷんたぷんしているとか、二の腕もたぷんたぷんしているとか、血液型が菱型だとか、老廃物が溜《た》まりやすい体質だとか、そういうのではないんですけどね。ええ、まぁ、老廃物が溜まりやすくて、粉瘤《ふんりゅう》ができやすい体質には困り果てているのですが、いかんともし難《がた》く、また粉瘤の摘出手術を受けました。ああ、老廃物、あっちにもこっちにも粉瘤、良性腫瘍《りょうせいしゅよう》だったのが不幸中の幸い……と、こんなところで嘆いても仕方がありませんが。

さて、老廃物ではなく氷川《ひかわ》と清和《せいわ》ざます。

眞鍋《まなべ》組はお笑い軍団ではなくてヤクザ、と力が入りすぎたのか、またもやパソコンを壊しました。商売道具のパソコンが動いてくれなければ作品は進みません……って、どうして、よりによってどうしてこんな時にクラッシュするの？　近所にあるマイク○ソフトに出入りするスタッフらしき殿方をナンパして、我が家に連れ込もうかと、思い切り悩みました。うん、だってマイク○ソフトのスタッフだったら、きっと樹生かなめの壊したパソコンをなんとかしてくれると思って……。

というわけで、ハードクラッシュ編ざます。

担当様、老廃物にはリンパマッサージや半身浴がいいと聞いたのですが本当ですか……ではなく、しみじみとありがとうございました。深く感謝します。

奈良千春《ならちはる》様、老廃物には足裏マッサージや岩盤浴がいいと聞いたのですが本当ですか……ではなく、癖のある話に今回も素敵《すてき》な挿絵をありがとうございました。深く感謝します。

読んでくださった方、ありがとうございました。

再会できますように。

酵素断食に失敗した樹生かなめ

『龍《りゅう》の不屈《ふくつ》、Dr.《ドクター》の闘魂《とうこん》』、いかがでしたか？

樹生《きふ》かなめ先生、イラストの奈良千春《ならちはる》先生への、みなさまのお便りをお待ちしております。

樹生かなめ先生のファンレターのあて先

〒112-8001　東京都文京区音羽2-12-21　講談社　文芸図書第三出版部「樹生かなめ先生」係

奈良千春先生のファンレターのあて先

〒112-8001　東京都文京区音羽2-12-21　講談社　文芸図書第三出版部「奈良千春先生」係